CB035146

A VIDA É MAIS, JAQUELINE!

Editor: *Miguel de Jesus Sardano*

Coordenador editorial: *Tiago Minoru Kamei*

Revisão: *Rosemarie Giudilli*

Projeto gráfico e diagramação: *Tiago Minoru Kamei*

Capa: *Ricardo Brito - Estúdio Design do Livro*

Impressão e acabamento: Lis Gráfica e Editora Ltda

1ª edição - novembro de 2015 - 3.000 exemplares

2ª impressão - março de 2017 - 1.000 exemplares

Impresso no Brasil | Printed in Brazil

Dados Internacionais de Catalogação na Publicação (CIP)
(Câmara Brasileira do Livro, SP, Brasil)

Milito, Carlos Eduardo

A vida é mais, Jaqueline / Carlos Eduardo

Milito, Marcos Cunha. -- 1. ed. -- Santo André,

SP : EBM Editora, 2015.

1. Espiritismo 2. Romance espírita I. Cunha, Marcos. II. Título.

15-06154 CDD-133.9

Índices para Catálogo Sistemático

1. Romance espírita : Espiritismo 133.9

ISBN: 978-85-64118-55-3

EBM EDITORA
Rua Silveiras, 17 – Vila Guiomar – Santo André – SP
CEP 09071-100 | Tel. 11 3186-9766
ebm@ebmeditora.com.br | www.ebmeditora.com.br

CARLOS EDUARDO MILITO
MARCOS CUNHA

Prefácio de Antonio Demarchi

A vida é mais, Jaqueline!

Sumário

Prefácio

Quando acabei de ler o livro *A vida é mais, Jaqueline!*, confesso que me senti emocionado e feliz. Emocionado pela narrativa fácil e, ao mesmo tempo, profunda, de um romance que envolve dois casais jovens, na maravilhosa experiência da juventude, em que se sonha conquistar o mundo e consertar tudo que está errado.

A história surpreende pela simplicidade que caracteriza a visão dos jovens sonhadores, de suas ilusões, de seus anseios, de suas esperanças, e a beleza da perspectiva com que enfeitam o futuro.

Senti-me feliz ao perceber a linguagem típica dos jovens dos dias atuais, em que a tecnologia avançou muito rápida, permitindo que a comunicação ocorresse de forma vertiginosa, pela internet, através das redes sociais plugadas neste admirável mundo novo.

Atualmente, os jovens têm à sua disposição o que há de mais avançado em termos de tecnologia da comunicação, e manuseiam com facilidade impressionante os recursos existentes. As comunicações e as informações ocorrem a todo instante; o mundo inteiro fica plugado em todos os acontecimentos. Todavia, apesar de todo esse aparato tecnológico, a grande maioria dos jovens está cada vez mais necessitada de um rumo, um norte seguro e uma orientação.

O perigo, cada vez mais ameaçador, ronda esses jovens. Como exemplo, a veiculação de propagandas de bebidas, que incentivam o seu consumo de forma indiscriminada e fazem os jovens consumi-las como um instrumento de autoafirmação. As drogas também campeiam por todos os lados, enredando em suas destrutivas teias jovens incautos, que buscam nas experiências extrassensoriais a fuga para os problemas do dia a dia.

Nunca, nossos jovens estiveram tão necessitados de uma leitura edificante, firme, envolvente e, acima de tudo, que lhes traga uma perspectiva diferente de tudo que existe no ilusório mundo de fantasia e perigosas armadilhas que as drogas proporcionam.

Por essa razão, o livro *A vida é mais, Jaqueline!* representa uma leitura saudável ao relatar um emocionante romance com a peculiaridade da linguagem típica dos jovens, que traz em seu bojo ensinamentos da Doutrina Espírita e demonstra, de forma clara e simples, a direção a seguir e as consequências sofridas por aqueles que, infelizmente, trilham por caminhos tortuosos.

Jaqueline e Martin, Matheus e Suzana, orientados por Octávio, um palestrante com larga experiência de vida, vivem um emocionante romance que traz dúvidas, conflitos, tribulações e os problemas típicos de relacionamentos em geral. Contudo, quando eles encontram a orientação segura e firme do Evangelho do Cristo, compreendem que a vida é uma extraordinária experiência que deve ser vivida com alegria e paz no coração. Esse é o resultado dos que trilham os caminhos retos do bem. E a grande recompensa, além da vitória, é o amor que supera todas as dificuldades.

Parabéns aos amigos Carlos Eduardo Milito e Marcos Cunha por esta belíssima obra que, certamente, vai enriquecer ainda mais a literatura espírita, particularmente as obras voltadas para o público jovem que, como já disse, nunca precisou tanto de um norte firme e seguro quanto nos dias atuais.

São Paulo, 4 de setembro de 2013.

Antonio Demarchi

Capítulo 01

Dias atuais

Suzana e Jaqueline eram amigas inseparáveis desde a época da faculdade. Conheceram-se ainda calouras e se formaram no curso de Administração de Empresas de uma conceituada universidade localizada na cidade de São Paulo. Tiveram a oportunidade de trabalhar na mesma empresa em que ingressaram na função de estagiárias quando estavam no segundo semestre. Amigas e cúmplices, nem mesmo durante os namoros que vivenciavam, afastavam-se. Pelo contrário, envolviam os namorados em programas comuns e fortaleciam os laços de amizade entre todos.

Em um desses namoros, um dos casais começou a traçar planos futuros. Enquanto Matheus acabava de pedir Suzana em casamento, Martin vivia uma fase muito difícil com Jaqueline. Por algumas vezes, pensou em terminar o namoro, porém voltou atrás. Contudo, um dia, em um desentendimento mais acirrado, ele não conseguiu tolerar o gênio depressivo e obsessivo da namorada e decidiu romper o relacionamento.

Nos dias que se sucederam a essa decisão, Suzana notou um semblante diferente na amiga. Em uma sexta-feira, percebeu um comportamento desesperançado e desanimado em Jaqueline, que tinha a esperança de reatar o relacionamento, mas ao saber que a decisão de Martin tinha sido definitiva e sem chances de retorno, tomou uma decisão: acabar com a própria vida.

Seu quadro depressivo sempre demandou cuidados médicos, e o fim do namoro fora o estopim para desencadear pensamentos ruins que, consequentemente, atraíram energias escusas que a prejudicaram ainda mais. Algo terrível!

Na manhã de mais uma segunda-feira, Suzana, ao chegar ao escritório, passou em frente à mesa da amiga e percebeu que estava vazia. Lembrou que não haviam se falado naquele fim de semana, pois os assuntos referentes ao casamento estavam em pauta e o feliz casal mal tinha parado em casa. Teve o impulso de ligar no celular, mas este estava fora de área. Resolveu olhar as páginas das redes sociais da amiga, que tinham sido criadas havia cerca de dois meses, e notou que desde meados da semana anterior não existiam postagens. Ao abrir o correio eletrônico, uma surpresa: havia recebido naquela manhã um e-mail enviado por Jaqueline com o título: "Despedida".

Conforme Suzana inteirava-se do longo texto, pouco a pouco, foi perdendo a cor e mudando o semblante. As palavras estavam um pouco desconexas, porém a determinação da amiga era algo assustadoramente forte e mostrava detalhes do que iria acontecer nos próximos minutos. Estava decidida a morrer! Escreveu que iria ingerir, de uma única vez, vários comprimidos de tarja preta, receitados ao longo daqueles anos de tratamentos malsucedidos, além de outros que tomava atualmente. Ela morava sozinha; a família vivia no interior do Estado e isso era um agente facilitador.

Suzana saiu correndo do escritório sem dar explicações a ninguém. Muitos colegas perceberam que algo estava errado, porém não tiveram tempo para perguntar o que estava ocorrendo. Rapidamente, pegou um táxi rumo ao apartamento de Jaqueline. Ligou no celular de Matheus e lhe contou brevemente o que estava acontecendo.

— Matheus, meu amor! Estou desesperada! A Jaqueline não está bem. Estou indo para o apartamento dela — disse Suzana, com voz de choro.

— O que foi, meu bem? Pelo amor de Deus, fale o que está acontecendo.

— Ela me mandou um e-mail dizendo coisas horríveis! Tenho de chegar lá e torcer para que ela não tenha mudado o segredo das chaves. Faz mais de cinco meses que saí de lá.

— Mas, o que está havendo? Conte-me!

— Ela quer se matar, Matheus — falou Suzana e desaguou em choro.

— Meu Deus! Tente se acalmar! Roguemos aos nossos guias protetores para que nada de mal lhe aconteça. Estou indo para lá também!

O trânsito pesado deixou o casal mais nervoso. Enquanto Suzana pedia encarecidamente para o taxista buscar atalhos e tentar chegar logo ao destino, Matheus parecia um *playboy* enfurecido dirigindo e costurando de forma desvairada pelas ruas da cidade. Tentariam chegar o quanto antes ao apartamento de Jaqueline.

Capítulo 02

Um homem do bem

Octávio vivia uma fase simplesmente ótima. Era um senhor com menos de sessenta anos de idade, estava aposentado e tivera o privilégio de chegar a essa situação como funcionário público federal e poder receber mensalmente uma substanciosa quantia, que era mais do que suficiente para o seu sustento e também dos filhos adultos que ainda moravam com ele.

Com a vida já estabilizada, pôde se dedicar de corpo e alma ao seu maior sonho: as atividades assistenciais e filantrópicas como um dos trabalhadores de um Centro Espírita. Além de participar de várias campanhas de arrecadação de donativos, roupas e outros acessórios, fazia questão de preparar palestras para ministrá-las às terças-feiras à noite.

O local era bem frequentado e havia muitos jovens que, aos poucos, chegavam e se multiplicavam, tal era o carisma de Octávio. Por vezes, as pessoas ficavam de pé no auditório destinado às palestras devido ao grande número de trabalhadores e ouvintes ali presentes.

Os temas abordados por Octávio eram os mais variados possíveis, e a forma pela qual ele transmitia esses conhecimentos era algo muito contagiante. Além disso, a fisionomia e o semblante daquele iluminado senhor transmitiam muita simpatia aos frequentadores do centro.

Foi em uma dessas palestras que o jovem Matheus teve a alegria de conhecê-lo. Levado por um amigo do trabalho ficou maravilhado e passou a ser fiel frequentador daquele local abençoado. Não demorou muito para que levasse Suzana. A empatia entre Matheus e Octávio fora tão grande que eles passaram a ser amigos íntimos. Costumavam se falar com frequência tanto por telefone quanto por e-mails e em encontros pessoais.

* * *

A caminho do apartamento de Jaqueline, parado em um demorado semáforo, Matheus teve a ideia de ligar no celular de Octávio para expor a situação e falar sobre a sua apreensão. Rapidamente, ouviu a fala tranquilizadora do experiente senhor:

— Já estou orando neste momento, meu jovem. Vou pedir para que os Benfeitores Espirituais, invisíveis aos nossos olhos, lá estejam e amparem nossa querida irmã. Peço-lhe que também ore para que essa corrente fique ainda mais forte! Tenhamos fé para que tudo dê certo. Acredite!

Assim que Matheus desligou o telefone, Octávio mergulhou em profunda meditação e orou com toda a fé. Pediu encarecidamente às almas iluminadas que despejassem todas as bênçãos na perturbada jovem. Um elo invisível aos olhos humanos começou a se formar de maneira esplêndida. Em poucos segundos, três entidades de muita luz chegaram ao apartamento de Jaqueline e a viram com aparência péssima: cabelos despenteados, olhos fundos e pensamentos desconexos. Ela estava diante da pia do banheiro e já tinha separado vários comprimidos. Havia um copo cheio de água e bastava um simples gesto naquele momento: apanhá-los com uma das mãos, colocá-los na boca e, em seguida, engoli-los.

As três Entidades de Luz depararam-se com forças escuras. Um total de seis espíritos desorientados e sofredores cercavam a moça e a obsidiavam de forma intensa. Tinham a aparência horrível, vestimentas negras e feitios animalescos. Eram criaturas que haviam desencarnado pelo suicídio e estavam havia décadas em regiões umbralinas. Naquele momento, foram atraídas para lá pelos pensamentos da jovem.

Enquanto começava um embate de forças espirituais, e a jovem perturbada ensaiava o seu último ato, tanto Suzana quanto Matheus estavam a caminho do apartamento. Octávio permanecia em prece e com as boas lembranças captadas de suas antigas palestras para também agregar mais energia e direcioná-las para lá. Foram alguns segundos de introspecção, de forma tão intensa, que o levaram a ter a nítida sensação de um *flashback* de grandes momentos no Centro do qual era trabalhador. Bons momentos da sua vida de doação e amor surgiram em sua memória em meio a uma forte rogativa a qual ele tinha fé que seria atendida.

Capítulo 03

Um ano antes

O Centro Espírita Obreiros da Nova Era estava cheio de pessoas naquela linda noite de terça-feira. Octávio se sentia radiante, pois o tema que havia escolhido falava sobre a "finalidade da vida". O que ocorria exatamente era que suas inspirações provinham dos edificantes desdobramentos de quando adormecia. Dessa forma, tinha a oportunidade de manter contato com sublimes entidades espirituais e trocar ideias acerca do que falar a tantas pessoas sedentas de conhecimento e conforto. Ao despertar, tudo surgia como uma espécie de intuição, e ele digitava no computador para posteriormente discorrer a respeito.

Depois dos cumprimentos e das saudações, os presentes oraram e fizeram as vibrações iniciais dos trabalhos. Octávio começou, então, a abordar o tema:

— É com muita alegria que iniciarei os trabalhos desta noite. Vou me basear nas palavras de Mateus, capítulo 6, versículos 25 a 34, que dizem: *Por isso, vos digo: Não é a vida mais do que o alimento e o corpo, mais do que as vestes?*

Todos o olhavam atentamente. Ele continuou a falar:

— Perde-se no tempo o dia em que nós, homens e mulheres, começamos a trilhar os caminhos da consciência e do pensamento. A partir daí, passamos a nos questionar sobre qual seria a finalidade de nossa vida, por que estamos aqui. Para a maioria de nós, invariavelmente, a resposta será crescer, estudar, formar-se, ter uma profissão, trabalhar, namorar, casar, ter filhos, comprar uma casa, um carro, tirar férias, viajar, aposentar-se, tudo isso acontecendo de maneira relativamente tranquila. Para alguns, no entanto, os dias transcorrerão como verdadeiras batalhas, com a presença constante da dor, da dificuldade e da tempestade; ao passo que para outros, a vida navegará por águas calmas e pacíficas, um verdadeiro "mar de almirante". Existem aqueles para quem a vida resume-se a um parque de diversão, onde a finalidade primeira é o gozo de prazeres sem qualquer compromisso. Muitos ainda pautam seu caminhar no trabalho excessivo, na aquisição de bens materiais, na escalada financeira, no individualismo, no egoísmo, na avareza e no egocentrismo. Finalmente, alguns fazem da vida uma constante busca pelo aprendizado, pela conquista de bens morais, ajuda ao próximo e fraternidade.

Todos meditaram profundamente a respeito de suas palavras e tentaram se situar em qual dos exemplos mencionados se encaixavam. Naquele mesmo instante, uma jovem senhora, ao lado do filho pequenino, levantou o braço e perguntou:

– Octávio, afinal, por que existem tantas diferenças no modo como interpretamos a finalidade da vida?

O palestrante respondeu:

– Além das diferenças e individualidades que caracterizam cada espírito em sua trajetória, podemos também afiançar que, para os ditos materialistas, conscientes ou não, a vida presente é única e, portanto, resume-se ao nada após o descenso corporal. Sendo assim, viver intensamente sem a devida preocupação com valores morais elevados parece ser a forma correta e mais acertada de "viver a vida". Já para os espiritualistas e, principalmente, para os reencarnacionistas, a vida é mais um capítulo de um longo livro, "o livro de nossa vida", em que as páginas escritas representam nossas vivências passadas e as páginas em branco, nossas futuras existências, que serão escritas por nós, com instantes, momentos, dias e anos que as vivenciarmos. Para que isso aconteça, devemos buscar, a todo instante, o entendimento e a prática da finalidade de nossa vida.

– A vida é oportunidade para o progresso, não sendo composta apenas por mim ou por você, mas sim por nós; portanto, não somos o centro do Universo, mas uma estrela a mais brilhando na imensidão de incontáveis outras estrelas que, do mesmo modo que nós, buscam seu espaço no universo da evolução espiritual. A vida é um verdadeiro campo de trabalho, uma escola, uma estrada com atalhos, paradas, pedágios e linha de chegada. Por muitas vezes, queremos pegar os atalhos que a vida nos oferece, achando que chegaremos mais rápido ao destino, quando, na verdade, eles vão apenas nos atrasar em nosso crescimento.

Os presentes, com semblantes de eterna gratidão, ouviam atentamente o palestrante, que continuou:

— As paradas representam o retorno à pátria espiritual, a fim de refazermos nossas energias e continuarmos a grande viagem do espírito, viagem na qual muitas vezes percorreremos os caminhos do erro, da intolerância, do orgulho, da inveja e do desamor. Saibam que os pedágios são cobrados pelas reencarnações regenerativas e amargas, mas também retificadoras e esperançosas. Depois de tudo, finalmente visualizamos a linha de chegada que nos mostrará o caminho percorrido, e as lições vivenciadas e aproveitadas.

— Não estamos sozinhos na sociedade, fazemos parte de um todo. Nosso crescimento está vinculado ao crescimento do todo. É errôneo acreditarmos que podemos crescer sozinhos, quando, na realidade, sozinhos estaremos estacionados. Na estrada da vida, quem chega primeiro é aquele que ao longo do percurso para, a fim de ajudar os que estão em dificuldades.

Desta vez, um senhor que estava muito atento à palestra, na primeira fileira de cadeiras, educadamente interrompeu-o e perguntou:

— Então, é errado querer ter um carro, viajar, ter uma casa melhor?

— Claro que não, irmão. Não há nada de errado em se formar, ter casa, carro, viajar, aposentar-se, casar, ter filhos etc. Tudo isso faz parte do aprendizado e do crescimento de cada um de nós; mas há tesouros imateriais que nos elevam espiritualmente dando sentido à nossa vida, tais quais uma amizade verdadeira, um amor cultivado, a paz de espírito e de consciência, além da prática da caridade. Desde os espíritos menos evoluídos até os mais adiantados, que se encontram reencarnados na Terra, todos temos tarefas a cumprir. Somos espíritos temporariamente na experiência da carne; devemos, portanto, valorizar a vida por meio da busca de lealdade, sinceridade, de união e de ajuda ao nosso irmão. Temos de ser o amparo, não o estorvo na vida daqueles que compartilham de nossa companhia. Deixemos de lado os agentes corrosivos: pessimismo, cólera, impaciência, amargura, aflições e intolerância, e expulsemos de nosso íntimo, em definitivo, a poeira das paixões dominantes; respirando a esperança e a certeza de que ninguém vai ao Pai sem o esforço do sacrifício vivido.

Octávio, por fim, mencionou algumas palavras encontradas na literatura espírita:

— A marcha evolutiva é de todos, mas a escolha da estrada é de cada um de nós. Se hoje somos o que fizemos de nós no pretérito, seremos amanhã o que agora aproveitarmos das oportunidades com que nos defrontarmos. Para isso, reflitamos nas palavras do espírito Marcos Prisco, por meio da mediunidade de Divaldo Pereira Franco: *Seus atos, sua vida; sua moral, sua vida; sua mente, sua vida; seus desejos, sua vida; sua sementeira, sua vida; seu esforço, sua vida; seu hoje, sua vida!*

O simpático senhor finalizou a palestra deixando o ambiente ainda mais harmônico e repleto de boas vibrações. Em seguida, todos aguardaram silenciosamente para receber os habituais passes, e os colaboradores daquela abençoada casa encerrarem os trabalhos.

Capítulo 04

Boas vibrações

Naquela noite em sua casa, Octávio sentiu que conseguira transmitir tudo o que realmente desejava. Sua entonação de voz era um ingrediente a mais para passar tantos ensinamentos aos presentes. Após se deitar, rapidamente conseguiu adormecer, e poucos minutos depois já era aguardado por um simpático senhor conhecido por Rodolfo, que frequentemente o visitava e o guiava às moradas elevadas.

O que aconteceria dali em diante seria um fato muito corriqueiro para os irmãos desencarnados: interagir com os habitantes do planeta Terra durante o descanso do corpo físico. Algo comum aos olhos da Espiritualidade. Só que Octávio, pela sua faixa vibratória e pelos seus bons pensamentos e boas atitudes, sempre atraía Entidades de Luz para suas saídas inconscientes do corpo. E como acontece diariamente para a maioria dos seres que vivem neste globo, é muito raro ter as lembranças afloradas dessas excursões ao amanhecer; porém, o sentimento de leveza ou peso ao despertar é algo marcante.

Quem de nós, alguma vez não foi dormir com algum dilema ou alguma coisa de difícil solução e, ao despertar, notou ter encontrado uma saída? Ou ainda, mesmo sem encontrar solução, passou a ver de outra forma? Quem não passou por isso? E quem de nós já não despertou com humor alterado e sombrio? Eis que nossas viagens inconscientes regem nosso estado de espírito quando despertamos, após algumas horas de sono.

O ilustre palestrante teria mais uma viagem astral repleta de aprendizado e, assim, iria buscar inspirações para novas palestras. Não demorou muito para que ele se sentisse fora do corpo, tranquilamente adormecido no quarto. Seu acompanhante intimamente orava e agradecia ao grande Criador do Universo por mais uma missão ao lado de uma alma encarnada. Começavam a dialogar de forma muito feliz.

— Octávio, como está? É um grande prazer revê-lo. Nossos amigos desencarnados o elogiaram novamente pela última palestra.

— Estou apenas cumprindo minha missão, meu amigo! Devo isso a vocês que estão sempre me auxiliando.

— Está receptivo às nossas ações, Octávio. Há um elo, invisível aos olhos humanos, que você criou conosco, e tenho de enaltecer seu esforço para que isso ocorresse.

Em seguida, Rodolfo pediu para que o amigo fechasse os olhos e elevasse os pensamentos. Rapidamente, como em um piscar de luz, eles se moveram daquele lugar para a iluminada morada em que vivia o Guia Espiritual ali presente.

Com um cenário deslumbrante, os dois se viam naquele momento em um aconchegante local repleto de formosas árvores e vegetações diversas, cercado de montanhas ao fundo e com um magnífico céu azul, tal qual o de um raro dia com total ausência de nuvens. Ali existiam graciosas vielas que se iniciavam defronte de uma espécie de praça e formavam um desenho como raios de sol por conta das medidas simétricas. Ao centro, havia bancos dispostos harmonicamente que possibilitavam a todos os usuários se verem de frente.

Rodolfo convidou o ilustre palestrante para que se acomodasse em um daqueles assentos. Em seguida, chegaram mais pessoas, que também se sentaram ao lado deles, até que todos estivessem acomodados. Foi formada uma circunferência com outros companheiros encarnados que também estavam, momentaneamente, fora do corpo físico.

Além do Guia Espiritual, havia mais duas moças que o acompanhavam, e que participariam da breve orientação coletiva a todos. O aconchegante ambiente remeteria às futuras lembranças de Octávio em ter estado em uma bonita praça com vários bancos em forma circular ao lado de muitos amigos.

Uma Guia Espiritual de nome Alice começou a discorrer acerca do amor ao próximo dizendo, em poucas palavras, que esse nobre ato para com os semelhantes significa o quanto se ama a Deus. Citou algumas passagens de Jesus enaltecendo a conhecida frase: "Amai ao próximo como a si mesmo". Falou por cerca de dez minutos, enfatizando que no dia a dia de todos os que estavam ali presentes sempre surgiria uma oportunidade de fazer algo pelo semelhante.

Octávio não se lembraria dos pormenores do sonho, porém, na sua próxima palestra, conseguiria dizer tudo o que Alice lhe passara. O breve encontro havia sido soberbo e, passados aqueles instantes mágicos, todos os encarnados, desdobrados, puderam excursionar de volta ao lar e acoplar-se ao corpo físico.

Capítulo 05

Conhecendo o Centro Espírita

Por meio de Martin, na época um simples colega de trabalho, Matheus teve informações da casa de caridade onde Octávio trabalhava. Como a fase profissional não andava tão bem como nos meses anteriores, o jovem fora convencido pelo amigo a participar das palestras e tomar passe no Centro Espírita Obreiros da Nova Era. Sabia intimamente que para corretores de seguros iguais a ele havia fases mais fáceis e outras mais difíceis. Além disso, o fato de lidar diariamente com um grande número de pessoas, dos mais variados tipos, podia atrair energias desfavoráveis e atrapalhar os negócios.

Não foi necessária muita conversa de Martin para convencer o jovem Matheus a estar presente no abençoado local numa noite de terça-feira. Ali ele chegou com toda a alegria e com a mente aberta para novos aprendizados.

Matheus acomodou-se tranquilamente em um dos lugares disponíveis do aconchegante ambiente onde seria realizada a palestra. Semelhante às vezes anteriores, após os cumprimentos e saudações a todos, os presentes oraram e fizeram as vibrações iniciais dos trabalhos. Octávio chegou e tomou a palavra.

— É com muita alegria que iniciarei os trabalhos desta noite. O tema da palestra é "Amar ao próximo como a si mesmo — o maior mandamento". Mais uma vez vou me basear nas palavras de Mateus, capítulo 22, versículos 34 a 40.

Matheus ficou deslumbrado com o semblante de Octávio, que continuou:

— Certa vez, no tempo do Mestre Jesus, os Fariseus[1], tendo sabido que Ele tapara a boca aos Saduceus[2], reuniram-se, e um deles, que era Doutor da Lei, para tentá-Lo, propôs-Lhe a seguinte questão: *Mestre, qual o mandamento maior da Lei?* Jesus então lhe respondeu: *Amarás o senhor teu Deus de todo o teu coração, de toda a tua alma e de todo o teu entendimento. Este o maior e o primeiro mandamento. E aqui tens o segundo, semelhante a esse: Amarás o teu próximo como a ti mesmo. Toda a Lei e os profetas se acham contidos nesses dois mandamentos.*

Com o silêncio absoluto naquele ambiente, Octávio disse:

— Quando Jesus nos diz: *Amarás o senhor teu Deus de todo o teu coração, de toda a tua alma e de todo o teu entendimento*, temos de nos perguntar: Qual a melhor maneira de amar a Deus? E aí, os Benfeitores Espirituais nos esclarecem dizendo-nos que a melhor maneira

---

[1] - Fariseus: doutores da Lei que interpretavam a Lei Judaica (torá) (Nota do Autor).

[2] - Saduceus: membros de seita judaica formada por volta de 248 a.C. Faziam oposição aos Fariseus (N.A.).

é elevando nosso pensamento a Ele, pelo culto ao bem e ao amor ao próximo, pois amar a Deus e ao próximo constituem dois conceitos intimamente ligados. Como podemos amar a Deus e não amarmos o nosso semelhante, filhos também deste Deus? Notemos que o Mestre deixa claro esta ligação quando afirma: *Este o maior e o primeiro mandamento. E aqui tens o segundo, semelhante a esse: Amarás o teu próximo como a ti mesmo.* Jesus não diz que um é maior que o outro, mas que ambos são semelhantes, afinal, que pai sentir-se-ia feliz em ser amado, sabendo que aquele que o ama não ama seu filho? Então, quem é o meu próximo? É aquele que está perto de mim? Em minha família, em meu trabalho, em minha religião? Não, meu próximo é todo o irmão que necessita de meus serviços, minha palavra, meus cuidados, meu dinheiro, minha proteção e atenção, de meus ouvidos e ombros, de meu amor.

— A todo instante, deparamos com irmãos necessitados, não apenas de coisas materiais, mas também de alguns minutos de nossa atenção, de um ouvido disposto a apenas escutar ou de ombros prontos para receber um rosto em lágrimas. Sem interesses, porquês ou retornos.

— Mas, amar nosso semelhante não é apenas isso; podemos desenvolver este sentimento sublime por meio do respeito pelo direito alheio, entendendo que o nosso direito termina quando começa o do outro. Temos de querer para o outro o que desejamos para nós mesmos, rejubilando-nos com o seu sucesso, assim como faríamos por nós. Tratá-lo com lealdade, sinceridade e honestidade. Allan Kardec, o Codificador da Doutrina Espírita, pergunta aos Benfeitores Espirituais na questão 893 de **O Livro dos Espíritos:** *Qual a mais meritória de todas as virtudes?* E recebe por resposta: *Toda virtude tem seu mérito próprio, porque todas as virtudes indicam progresso na senda do bem (...) a mais meritória é a que assenta na mais desinteressada caridade.* E ainda, na mesma obra, na questão 886, o venerável Codificador pergunta: *Qual o verdadeiro sentido da palavra caridade, como a entendia Jesus?* Recebendo da Espiritualidade o esclarecimento: *Benevolência para com todos, indulgência para as imperfeições dos outros, perdão das ofensas. Amar o próximo é fazer-lhe todo o bem que nos seja possível e que desejáramos nos fosse feito. Tal o sentido destas palavras de Jesus: amai-vos uns aos outros como irmãos...*

— Tendo esse ensinamento sobre a prática da caridade e do amor que devemos devotar ao nosso próximo, fica a questão: Qual o maior obstáculo para amarmos o próximo? EGOÍSMO, essa úlcera moral que atinge a humanidade, dele derivando todo o mal. Quem quiser se aproximar da perfeição moral, deve expurgar o coração de todo sentimento de egoísmo, visto ser este incompatível com a justiça, o amor e a caridade, neutralizando todas as outras qualidades. O egoísmo é a fonte de todos os vícios, assim também a caridade o é de todas as virtudes.

— E o remédio para esse vício moral, tão destrutivo, é o amor, causa primeira de todas as coisas, porquanto a Criação é um ato de amor. Somos todos filhos de Deus, que é o amor em sua mais pura essência e, quando criados, o somos com esta centelha divina. O que precisamos é aprender a exteriorizar o amor na direção de nossos irmãos, de nós, da natureza, da vida e de Deus.

— Jesus estava sempre em prece, no entanto sua vida foi um ato de adoração a Deus por meio do amor ao próximo. Amou criminosos, publicanos, conhecidos por coletores de impostos nas províncias do Império Romano; samaritanos, grupo étnico dissidente dos fariseus e vistos tais quais hereges; adúlteros e adúlteras, mulheres envolvidas com paixões inferiores; e amou até seus próprios algozes. Amou indistintamente todos os que atravessaram seu caminho.

— E nós, como estamos amando nosso próximo? Vendo-os passar dificuldades sem ajudá-los ou buscando exteriorizar o amor que existe dentro de nós em benefício deles? Estamos ainda incorrendo na prática criminosa do aborto ou dando vida a nossos irmãos, que assim como nós pedem uma oportunidade para virem a este mundo a fim de aprender, crescer e evoluir? Estamos vendo nossos irmãos em prantos e dores pelas ruas e passando de largo ou estendendo-lhes as mãos do jeito que Jesus fez a tantos de nós?

— Caríssimos irmãos, a hora é chegada. Não nos cabe mais a inércia, a desatenção, o não se importar com o que acontece à nossa volta. Se pretendemos crescer espiritual e moralmente para fazermos parte de um novo mundo, um mundo de regeneração que se avizinha, devemos arregaçar as mangas e começar a mudar conceitos, ideias, pensamentos e valores. Temos de trabalhar pela nossa reforma íntima para, aí sim, reformarmos a nossa sociedade. Vamos refletir nas palavras da veneranda Joanna de Ângelis, mentora espiritual do médium Divaldo Pereira Franco.

Octávio fez ligeira pausa e prosseguiu:

Desce à dor e ergue o doente;

Mergulha no charco e levanta os que ali encontrar;

Curva-se para socorrer;

Mas eleva-se rumo a Deus através do pensamento ligado a seu amor e vencerás os obstáculos;

Ama pelo caminho, plantas, animais, homens, e descobrirá por fim, amando a Deus.

Em seguida, o ilustre palestrante deixou todos os presentes à vontade para elaborar perguntas acerca da breve explanação. Mas, não houve questionamentos. Depois da palestra, todos aguardaram silenciosamente para receber os habituais passes.

Encerrados os trabalhos, Matheus tomou o passe e fez questão de esperar o movimento da casa diminuir para conversar pessoalmente com Octávio, que o recebeu de forma muito carinhosa. O palestrante deixou o rapaz muito à vontade e lhe disse que voltasse mais vezes àquela casa. Falou ainda que era uma grande alegria receber novos irmãos. Após a conversa, ambos se despediram e o jovem prometeu que voltaria na semana seguinte.

Começava a se formar ali um bonito elo de amizade entre duas criaturas que em vidas anteriores haviam trabalhado juntas para o progresso de um povoado da Idade Média.

Capítulo 06

Encontros

Naquele dia, Matheus estava de carona e prontamente aceitou o convite do amigo Martin para passarem em uma lanchonete. Enquanto os dois seguiam viagem, conversavam de uma forma alegre sobre a recente experiência no centro espírita.

— Obrigado, Martin, por me levar a esse abençoado local. Confesso que saí de lá bem melhor do que entrei. Foi tudo muito bom! O ambiente, o palestrante, o passe, enfim, tudo.

— Não me agradeça, Matheus! Quando tiver oportunidade, agradeça aos colaboradores daquela casa que vêm fazendo um trabalho magnífico.

— Farei isso, pois pretendo voltar lá muitas vezes. Tive uma afinidade muito boa com o palestrante da noite.

— Octávio é ótimo! Eu gostaria de ter sua disciplina, mas não consigo. Não sou assíduo, mas se você realmente gostou e for mais vezes será um incentivo para que eu também vá.

— Vamos juntos a partir de hoje, se você desejar. Por mim está decidido.

Minutos depois, os dois chegaram a uma lanchonete e rapidamente foram acomodados em uma mesa. Fizeram o pedido e enquanto aguardavam, continuaram a conversar acerca do centro espírita. Em um determinado momento, ao perceberem dois jovens casais conversando sobre viagens, Martin comentou:

— Acho que somos minoria, Matheus. Pessoas na nossa faixa de idade raramente trocam ideias sobre esses assuntos que estamos conversando.

— Não tem nada a ver, Martin. Temos de ser nós mesmos e não nos preocupar com que os outros pensam. Saímos agora de um ambiente maravilhoso e cheio de energia boa. Acho que seu comentário é algo muito pequeno.

— São coisas da minha cabeça, Matheus. Acho que você tem razão. É que me pergunto: se, por exemplo, quiséssemos nos aproximar de alguma garota, esse assunto seria ou não o mais apropriado para se iniciar uma amizade?

— Depende. Se fôssemos a uma balada, certamente não. Contudo, aqui em um ambiente familiar, o que tem demais? Creio que nada! Somos dois amigos com menos de vinte e cinco anos de idade conversando um assunto como outro qualquer. Além disso, este lugar não serve para isso, não é mesmo, Martin? Sei que estamos descompromissados, mas creio que não seria aqui e agora que surgiria alguém. Nem nos preocupemos com isso.

– É verdade, Matheus. Falei isso porque estou cansado dessa vida de balada. Gostaria realmente de sossegar e ter uma garota com intenções mais sérias.

– Você acha que não penso nisso também? Mas, por outro lado, algo me diz que as coisas só chegam no devido tempo. Temos só vinte e quatro anos, meu amigo.

Os dois continuaram o assunto acerca dos Obreiros da Nova Era. Já possuíam algum embasamento na Doutrina por terem tido contatos com pessoas que frequentavam lugares similares. Enquanto Martin, quando pequeno, trocava muitas ideias com uma tia que era colaboradora de uma casa, Matheus, autodidata, inicialmente buscou conhecimentos em livros e, posteriormente, frequentou um centro espírita até se mudar de cidade.

A agradável conversa continuou, e em poucos minutos as refeições foram servidas. Já passava das vinte e duas horas quando acertaram a conta e seguiram para o estacionamento. Enquanto caminhavam, Matheus falou para o amigo:

– Não vou tirar você do seu caminho, Martin, pode me deixar em alguma estação do metrô.

– Imagine, Matheus! Faço questão de levá-lo à sua casa.

– Não se preocupe. Eu me viro.

Martin não respondeu. Fez apenas uma expressão de desprezo, deixando o amigo sem fala. Àquela altura, já estavam no estacionamento e Matheus fez questão de pagar antes do amigo puxar o porta-notas, devolvendo a mesma expressão de minutos atrás. Por ser um local amplo, tiveram de caminhar vários metros até chegarem ao veículo. Assim que abriram as portas, notaram que do lado deles havia duas garotas tomando providências para trocarem um pneu furado.

— Boa noite, meninas! Vocês têm certeza que querem fazer isso sozinhas? Acho que não combina com vocês — falou Matheus com enorme sorriso.

— Exatamente — completou Martin. — Deixem que façamos isso.

— Imagine! — disse Suzana, sem jeito. — Já passei por uma situação dessas e estava sozinha. Hoje, com minha amiga Jaqueline não será difícil. Vocês podem se sujar. Nós poderíamos ter chamado o seguro, mas trocar pneu de um carro pequeno não vai nos matar. Além disso, não queríamos esperar!

— Vamos lá, Martin! Vamos tentar ser rápidos e ajudá-las o quanto antes! Meu nome é Matheus, e este é Martin.

— Prazer, meu nome é Suzana e minha amiga é Jaqueline.

Após os cumprimentos, os rapazes começaram a trocar o pneu do carro de Suzana. Tudo foi feito de forma veloz e eficaz. Suzana, sem palavras para agradecer, tomou a iniciativa de deixar um cartão para eles, dizendo que estava muito grata pela gentileza, e que um dia poderiam marcar um novo encontro. Despediram-se.

Dentro do carro de Martin, os dois iniciaram uma conversa:

– Que meninas bonitas, você não achou, Martin?

– Com certeza, Matheus. Confesso que a de cabelos mais claros, que estava um pouco mais calada, faz mais o meu tipo.

– Você está falando da Jaqueline. As duas são muito bonitas, uma loira e outra morena. Como temos o contato da Suzana podemos, futuramente, marcar um encontro com elas para sairmos.

– Boa ideia, Matheus. Você pode cuidar disso!

– Confesso a você, Martin, que simpatizei demais com Suzana. Acabamos de nos conhecer e foram poucos minutos juntos, mas há algo que não sei explicar. Tive a impressão de já tê-la visto antes!

– É provável. Apesar de morarmos em uma cidade grande, de repente vocês já se depararam por aí. Percebi que ela o olhou com um brilho diferente nos olhos.

– Não sei, mas amanhã ligarei para ela. Vou aproveitar que o fim de semana está próximo e marcar um encontro.

— Boa ideia, Matheus. Faça isso! Neste fim de semana, estarei ausente de São Paulo e chegarei somente domingo à tarde. Tente marcar com ela e consiga o contato de Jaqueline ou, se achar melhor, marque um segundo encontro com nós quatro. O que acha?

— Isso. Deixe-me sentir como Suzana reagirá, depois o aproximo de Jaqueline!

— Ótimo, Matheus.

Em poucos minutos, Martin deixou o amigo em sua casa e os dois se despediram. Ao adentrar o apartamento, Matheus pensou intimamente que naquele dia havia conhecido duas pessoas especiais: Octávio e Suzana. O que ele desconhecia, no entanto, é que em breve os dois transformariam a vida para melhor.

Capítulo 07

Um encontro

No dia seguinte, na parte da tarde, Matheus ligou para Suzana. Achou, inclusive, que já havia passado bastante tempo do encontro inicial e não gostaria que as coisas esfriassem. Pensou que poderia ter ligado na parte da manhã, porém preferiu esperar um pouco mais para não demonstrar ansiedade. Assim que a formosa morena atendeu ao celular, ele falou de forma espontânea:

— Olá! Boa tarde! É a Suzana? Aqui é Matheus, o "borracheiro" engravatado de ontem à noite! Tudo bem? — perguntou ele, acompanhado de uma discreta risada.

— Nossa! Que bom que ligou! Hoje mesmo almocei com Jaqueline e comentamos de vocês. Foram nossos salvadores da pátria! Tudo bem com você, Matheus?

— Tudo ótimo! Não precisa exagerar, Suzana! A pátria não foi salva. Apenas ajudamos duas bonitas garotas a trocarem o pneu do carro.

— Ajudaram, não! Vocês fizeram tudo para nós! Somos muito gratas!

— Imagine, Suzana. E, você, como está?

— Estou ótima!

— Que bom! Já providenciou o conserto do pneu que ficou no porta-malas?

— Sim! Hoje mesmo, antes de chegar ao trabalho. Tudo certo! Foi muito rápido, e o estepe já foi colocado em seu lugar.

— Muito bem, Suzana! Percebi que você é prática, como eu. Se tem de resolver, faz rapidamente.

— É uma característica minha. Sou assim desde criança! Se vocês não tivessem aparecido, eu mesma faria tudo sozinha! Você percebeu, né? Sou direta! Sem rodeios — falou e deu uma risada maliciosa.

— É assim que eu gosto — Matheus devolveu a risada. — Sou parecido com você! A propósito, por falar em ser direto, quero saber se a ilustre morena tem compromisso para o próximo sábado à noite. Quer jantar comigo?

— Uau! Você está se saindo melhor do que a encomenda! Foi bem direto! Adorei! E neste sábado eu estarei solitária, pois Jaqueline vai visitar a família no interior. Sabe como são as coisas, né? Duas garotas solteiras sempre saem juntas aos sábados.

— Que coincidência, Suzana! Meu amigo Martin, que também me acompanha nas saídas de sábado, também estará ausente neste fim de semana. Voltará apenas no domingo à tarde.

— Então, pense em um lugar bacana para irmos. Se quiser, ajudo a escolher. Hoje ainda é quarta-feira e temos tempo para pensar.

— É verdade! Confesso que liguei sem ter um lugar em mente. Pensei primeiro em falar com você. Agora que aceitou o convite, no local a gente pensa depois — falou Matheus sorrindo.

Os dois encerraram a conversa. Estavam em horário de trabalho, por esse motivo combinaram que se falariam durante a semana para decidirem em que local iriam. Aproveitaram o diálogo, por fim, para trocarem informações eletrônicas como endereços de e-mails, twitters etc.

* * *

Depois de alguns dias de expectativa, tanto por parte de Suzana quanto de Matheus, o tão aguardado encontro aconteceu na noite de sábado. Nesse ínterim, eles trocaram várias mensagens no ciberespaço. E como os dois já eram antigos adeptos das redes sociais e usuários regulares, assim que se tornaram amigos virtuais puderam obter mais informações um do outro, tais quais gosto, preferência musical, ideologia etc. Inclusive, naquela noite, assim que se acomodaram em um aconchegante e fino restaurante da cidade de São Paulo, começaram a conversa focando exatamente nisso.

— E viva a tecnologia, Suzana! Por sermos adeptos das redes sociais creio que minha sensação agora é a de que já a conheço de longa data!

— Também tenho essa impressão, Matheus. Mas não creio esse seja o motivo. Está certo que nos tornamos amigos virtuais na grande rede mundial há três dias e sabemos um pouco mais um do outro, mas acho que não seria suficiente para termos essas sensações.

— É verdade, Suzana! Mas, o fato de saber que você também aprecia a Doutrina Espírita me deixou entusiasmado. É um ponto que temos em comum.

— Talvez tenhamos de ir mais além, Matheus: por estarmos de acordo com a Doutrina podemos arriscar que já nos conhecemos em outras vidas. Por que não?

— Então, Suzana, é aí que eu queria chegar! Mas, você foi muito rápida — disse entre risos. — Foi logo ao ponto.

Suzana, sorridente, respondeu de forma doce:

— Nas redes sociais nós até que estamos discretos em relação às nossas preferências religiosas! E acho que nada é por acaso. Pode ser sim.

— Acredito muito nisso, Suzana. Quem sabe algum de nossos amigos invisíveis deu um jeito de furar o pneu do seu carro, não é mesmo? — perguntou Matheus, entre risos.

— Preciso lhe contar uma coisa, Matheus! Nem lhe falei! Você acredita que fui consertar o pneu e o borracheiro não encontrou nenhum furo? Disse que pode ter havido algum defeito na válvula. Pedi ainda para verificar bem se não havia vazamento, mas parecia novo. Então, pedi para ele encher o pneu e colocar para rodar. Fiquei tão intrigada que resolvi correr o risco. Até agora não deu mais problema!

— Curioso, hein! Eis aí uma boa ideia para abordar duas bonitas garotas. Como eu não tinha pensado nisso antes? — falou Matheus, soltando uma gostosa gargalhada.

— Não vejo graça, Matheus. Você teria coragem de fazer algo assim?

— Acho que há formas melhores de se abordar duas lindas meninas, mas que seria algo inusitado, seria. Mas que coisa, essa história! Então, seu carro continua com o pneu cheio?

— Exatamente!

— Vai saber, né, Suzana? Mas me lembro que aquele estacionamento era imenso e tinha muitas vagas desertas, além de o caixa ficar distante de onde estávamos. Lembro que tivemos de caminhar um bocado para chegar até o automóvel!

— Será que alguém fez isso esperando para tentar nos roubar ou algo assim? Vocês apareceram logo depois que vimos o pneu vazio.

— Não sei o que dizer, Suzana. Só se tivesse câmera para checarmos! Mas não deve ter. Há várias hipóteses, além da espiritual — disse Matheus, com um grande sorriso. — Você atualmente frequenta algum centro espírita?

— Atualmente, não. Gostaria que você me indicasse um para eu começar a ir. Acho muito interessante participar.

— Sério mesmo? Acabei de conhecer um local que se chama Obreiros da Nova Era. Foi Martin quem me levou. Tive a oportunidade de ir na última terça-feira e gostei muito.

— Nossa! Você não estava frequentando nenhum também?

— Sempre fui autodidata, e as leituras me aproximaram da Doutrina. Havia anos que eu não ia a um local desse. Posso dizer que é maravilhoso.

— Também leio bastante e foi assim que tomei conhecimento do Espiritismo, mas creio que agora é chegado o momento de participar mais ativamente, por enquanto na condição de ouvinte e, posteriormente, como voluntária.

— É exatamente o que penso, Suzana. Esse tipo de trabalho é muito gratificante.

Os dois começaram a entrar nos assuntos da Doutrina e perceberam que possuíam outros pontos em comum. A cada palavra que trocavam, viam a empatia aumentar, tornando a noite algo muito agradável. Em determinado momento, falaram de Jaqueline.

— Creio que quem deveria realmente frequentar um lugar desses é minha amiga Jaqueline. Ela já teve problemas de depressão e está se tratando com fortes medicações.

— É mesmo, Suzana? Quando eu estiver no centro, na próxima terça-feira, colocarei o nome dela para as vibrações.

— Atualmente, ela está bem melhor e leva uma vida quase normal. O centro seria muito bom.

— Com certeza! Quem sabe vocês duas não vão comigo e com o Martin na próxima terça-feira? Tente levá-la.

— Não sei se será uma missão muito simples. Os pais dela são católicos praticantes, e creio que possa haver alguma resistência por parte dela. Vamos devagar. Primeiro vou com você, e depois, com calma, vamos abordar isso com ela.

— Como você achar melhor, Suzana. Acho que há o momento certo para tudo.

— Que bom que me compreende, Matheus. Uma hora, com calma, vou lhe contar tudo o que Jaqueline já sofreu. Ela é uma criatura incrível, rezo por ela todas as noites.

— A depressão atinge muitas pessoas, mas há tratamentos. Tenho certeza de que ela vai melhorar. Vou orar por ela.

— Obrigada, Matheus. Ela é uma grande amiga e dividimos um apartamento aqui em São Paulo. A família dela é de São José do Rio Preto. Ela foi para lá ontem, de avião. Voltará amanhã à noite, pois a família quis vê-la por conta do aniversário dela, que será amanhã!

— Que legal! Parabéns para ela!

— Até aproveitando, amanhã faremos uma espécie de festa-surpresa para ela. Eu vou buscá-la no aeroporto e vamos jantar em uma pizzaria. Só que ela não sabe que lá estarão mais alguns amigos. Cerca de seis pessoas mais chegadas! Assim que ela entrar, cantaremos parabéns!

— Boa ideia! Ela ficará feliz!

— Penso em tudo para deixá-la sempre de alto-astral. Por que você e o Martin não nos encontram lá? A turma é ótima! É o pessoal da empresa!

— Não sei, Suzana! O Martin só a viu uma vez! Além disso, nem conhecemos seus amigos do trabalho!

— Não tem nada a ver, Matheus! E vou lhe contar outra coisa: a Jaqueline teria adorado que esse nosso encontro de hoje fosse de nós quatro, mas não foi possível. Sabe que ela bateu os olhos em Martin e o achou uma graça?

— Sério? Ele me falou o mesmo em relação a ela — disse Matheus, dando uma gargalhada e complementando: — Ainda bem que ele se interessou pela sua amiga e não por você.

Suzana ficou levemente enrubescida e disse:

— Vê se vocês aparecem! Tenho certeza de que Jaqueline vai adorar revê-los.

O jantar prosseguiu de forma descontraída, e os dois continuaram a conversar sobre outros assuntos referentes ao dia a dia de trabalho deles. Depois, combinaram que no dia seguinte se encontrariam na pizzaria às vinte horas. Por fim, Matheus levou Suzana de volta para o apartamento e lhe agradeceu imensamente por aquela noite.

Capítulo 08

A festa

Na manhã de domingo, Suzana acordou alegre. Sentia-se muito bem após o encontro com Matheus na noite anterior. Percebeu nele um rapaz com muitas qualidades e, acima de tudo, muitas afinidades espirituais. Seu jeito de falar, olhar, o trato com as pessoas e tudo mais tinham encantado a formosa morena de cabelos negros.

Moça caçula de uma família do Rio de Janeiro, diferente dos irmãos mais velhos, decidiu tentar a vida em São Paulo e, aos vinte e um anos, após se formar em um curso de administração, conseguiu um bom emprego na grande capital paulista. Com o passar do tempo, formou uma grande amizade com Jaqueline e ambas resolveram dividir um apartamento, pois a amiga também morava sozinha na grande cidade.

Ainda não passava das dez horas quando Suzana resolveu sair para fazer algumas compras no mercado. Aquele era o dia que as duas amigas tinham o costume de reabastecer o apartamento. Ao chegar à garagem para apanhar o carro e ir às compras, percebeu o mesmo pneu completamente vazio. Então, pensou friamente:

— Calma, Suzana! Conte até dez. Um, dois, três...

Em seguida, antes de tomar as providências, pegou o celular e passou uma mensagem de texto para Matheus: "Nenhum fantasma havia murchado o pneu do carro... Estava com defeito mesmo! Bom dia! Mãos à obra, Suzana".

Não demorou nem trinta segundos e o telefone tocou. Era Matheus.

— Deixe-me ir aí! Em dez minutos eu chego.

— Não se preocupe. A iluminação da garagem é boa e resolvo isso rapidamente!

— Nada disso! Vai se sujar. Estou indo!

— Só deixo você vir se prometer que me indica um borracheiro melhor — falou Suzana entre risos.

— Como é bom vê-la com esse bom humor! Estou chegando!

Matheus chegou ao prédio e trocou o pneu, como da vez passada. Depois de tudo resolvido, brincou com a formosa morena:

— Estou ficando craque nisso, não é mesmo? Prometo melhorar ainda mais da próxima vez!

— Chega, né? Não vai haver próxima vez! Se bobear, troco os quatro pneus ainda hoje!

— O que é isso, Suzana? Estão novos. Basta você trocar a válvula deste, e tudo ficará certo. Você já devia ter feito isso!

— Creio que errei. Passei em um lugar onde provavelmente o dono não estava e deixou um rapaz muito novo tomando conta, que não devia ter experiência. Além disso, eu estava com pressa. Paciência...

— Mas veja o lado bom, Suzana. Saí de casa desprevenido, nem me arrumei, coloquei a primeira bermuda que vi na frente e aqui estou, mal-ajambrado e despenteado — disse o rapaz com um sorriso sincero. — E agora com um pouco de sujeira nas mãos.

— Isso não tem nada a ver! Vamos subir para você lavar as mãos! Venha.

Inicialmente, Matheus não queria incomodar e disse que usaria um pequeno banheiro que havia na garagem e era utilizado pelos faxineiros do prédio, mas Suzana insistiu tanto que ele acabou cedendo. Subiram. Após lavar as mãos, a moça tentou retribuir a gentileza oferecendo-lhe um café ou água, mas ele não aceitou.

— Não se preocupe comigo, Suzana. Tomei um bom café da manhã e estou realmente bem. Fique tranquila.

— Sem cerimônias, Matheus!

— Estou sendo sincero! Obrigado mesmo! Parabéns pelo apartamento. Muito bacana. Adoro andares altos. A vista é fantástica, e a decoração também.

— É pequeno, mas é bem ajeitado. Cada uma de nós tem um quarto, pouco usamos a sala. Só quando nossos parentes vêm nos visitar.

— Demais, Suzana — disse Matheus, sorrindo. Em seguida lembrou: — não quero tomar seu tempo. Você disse que ia ao mercado... Sei que quem trabalha só tem os fins de semana para cuidar das coisas da casa.

— Fique tranquilo, Matheus! Quer ir comigo?

— Boa ideia! Apesar de eu morar com os meus pais, sempre tem alguma coisa que costumo comprar. Sou bem independente. Vamos sim. Vou aproveitar a carona. Antes, podemos passar no borracheiro que conheço.

Suzana concordou, e Matheus deu uma ideia melhor. Foram em dois carros em um lugar da confiança dele, deixaram o carro de Suzana para que o pneu fosse consertado e seguiram com o carro dele para o supermercado. Depois, voltaram e pegaram o carro dela.

A formosa morena estava ainda mais radiante pela presteza do rapaz. Todos os namoros anteriores tinham sido um tanto quanto superficiais, e de fato não havia se apaixonado por ninguém. Pensava intimamente que ainda era um pouco cedo para um envolvimento mais sério, porém percebia que as coisas caminhavam de forma rápida.

Da mesma forma, Matheus estava gostando bastante de Suzana. Suas características físicas haviam sido um atrativo inicial, porém, conforme conhecia a personalidade da moça e outros pormenores, a beleza interior sobressaia e o cativava ainda mais.

* * *

No início daquela noite, Jaqueline saiu no portão de desembarque do aeroporto de Congonhas. Sorriu ao ver a amiga Suzana, que lhe deu um longo abraço.

— Feliz aniversário, minha querida amiga! Desejo-lhe tudo de bom! Muita saúde, e que Deus te ilumine sempre! E que continue sendo minha grande e fiel parceira.

— Obrigada, querida! Foi muito bom rever meus familiares! Simplesmente, um fim de semana espetacular. E você? Como passou?

— Otimamente bem, minha amiga!

— Conte-me do Matheus! Como foi?

— Vamos conversar no caminho! Já são sete e meia! Vamos direto para a pizzaria que lhe falei. Acho que você está com fome.

— Estou, sim, mas também um pouco cansada. Podíamos pedir em casa mesmo, o que acha?

Suzana, com perspicácia, disse:

— Você é quem sabe. Mas, eu gostaria de comer a pizza de lá. Então, eu ligo e encomendo; passamos lá rapidamente, deixo o carro em fila dupla e você fica de olho enquanto eu pego para viagem. Que tal?

— Imagine, Suzana! Eles entregam em casa! A gente pede de lá!

— Concordo. Mas, o pessoal do departamento financeiro me contou que uma vez o motoqueiro demorou muito para chegar, e a pizza estava com a mozarela toda caída para um lado. Estamos no caminho... Não custa! Você sabe que amo essa pizza.

— Ah, então tudo bem! A gente vai para lá mesmo e janta rapidamente; afinal, ainda é cedo e deve estar vazio.

Suzana respirou aliviada. Por alguns segundos, chegou a suar frio ao imaginar que a amiga iria desistir. Tudo estava preparado. Já estavam no aguardo seis colegas de trabalho, além dos recentes amigos de Suzana, que se apresentaram aos demais. O carisma de Matheus contagiou a todos.

Suzana, ao entregar o carro para o manobrista, passou um torpedo para um dos colegas da mesa para se prepararem e cantarem os "parabéns" para Jaqueline, que entraria em instantes. Pouco tempo depois, as duas entraram no ambiente, que ainda não estava cheio, e foram surpreendidas pelo canto dos amigos.

Jaqueline emocionou-se! Não conseguiu segurar o choro. Não imaginava que após um final de semana, que ela julgava ter sido magnífico, pudesse ter uma surpresa ainda maior. Sabia que, apesar de ser um pouco tímida e recatada, havia pessoas na empresa que gostavam dela. Ali estavam seis colegas com os quais ela mais se afinava, além de Matheus e Martin.

Após a cantoria, as duas acomodaram-se. A aniversariante ficou mais ao centro da mesa, e a amiga mais para o lado direito, em frente a Matheus e do lado de Martin. O clima estava ótimo, e os dois novatos bem integrados ao restante do grupo. Por várias vezes, a aniversariante olhou Martin com olhar de deslumbre e percebeu no rapaz alguém de boa conversa, além dos bonitos traços.

Depois do jantar, todos cantaram parabéns novamente e comeram um pedaço do bolo providenciado por Suzana. Por fim, despediram-se. Jaqueline e Martin combinaram que se falariam durante a semana para um novo encontro. Os dois rapazes despediram-se de todos e saíram. Jaqueline estava muito feliz por tudo de bom que lhe havia acontecido naquele fim de semana.

— Não tenho palavras para lhe agradecer, Suzana! Obrigada por tudo, minha amiga!

— Imagine! Era o mínimo que poderia fazer.

— Fiquei surpresa com a presença dos rapazes.

— Afinei-me com Matheus desde que nos conhecemos e me arrisquei em convidá-los de última hora.

— Pela sua troca de olhar, deu para perceber que você gostou dele, Suzana!

— É verdade. Esse cara não existe!

— Sério? Apaixonou?

— Não sei dizer o que sinto, mas estou feliz!

— Que bom, amiga! Ainda é cedo para dizer, mas achei Martin uma graça!

— Vou lhe contar, ele também se encantou com você. Achou você linda!

— Como sabe? Matheus lhe contou?

— Sim. Brinquei com ele, dizendo que ainda bem que o amigo se interessou por você! — falou Suzana, sorrindo.

— Martin é realmente muito vistoso, mas preciso conhecê-lo melhor!

— Lógico, minha amiga! Dê tempo ao tempo! Pela vontade de Matheus, sábado sairemos nós quatro.

— Será ótimo! Tomara que eu esteja bem!

— Estará, Jaqueline! Você está ótima!

As duas continuaram a conversar e rapidamente chegaram ao destino! Foi um fim de semana inesquecível. A partir daquele dia, ambas dariam início a uma nova fase na vida.

Capítulo 09

Palestras edificantes

Era noite de domingo, e Octávio acabara de adormecer, mas, momentos antes, como de costume, havia feito uma prece direcionada aos Mentores Espirituais para que fosse levado durante o sono do corpo físico para lugares iluminados e pudesse buscar inspiração para suas breves palestras.

Alguns minutos depois do natural torpor do corpo físico, ele se deparou com o amigo Rodolfo que, alegremente, dialogou:

— Olá, Octávio. É uma grande alegria poder revê-lo. Continua executando um bom trabalho no centro!

— Obrigado pelas palavras elogiosas, meu amigo! Saiba que as palestras que precedem os passes são breves, porém creio que consigo passar várias mensagens do bem!

— Exatamente, Octávio. Aqui no mundo espiritual você busca o combustível para isso, e assimila o que é dito por nossa amiga Alice, em forma de intuição, e conseguindo passar isso quando discursa.

— Só tenho a lhes agradecer o que tem feito por mim. Muito obrigado!

Como da vez anterior, Rodolfo pediu para que o amigo fechasse os olhos e elevasse os pensamentos, a fim de que eles fossem transportados para o local de outrora.

O já conhecido cenário era presenciado por Octávio, que sentia intimamente enorme e agradável sensação de leveza. Por estar em um ambiente que já havia estado anteriormente, no dia seguinte lembraria que sonhara com esse local, um tanto quanto familiar. Quem de nós já não sonhou com lugares repetidos ou teve sonhos recorrentes? Eis uma das explicações: ao dormir, quando nos desprendemos do corpo físico, visitamos alguns locais onde já estivemos anteriormente.

As cenas que se sucederam foram muito similares às do encontro anterior. Todos os ouvintes presentes estavam em desdobramento do corpo físico e atentos às palavras de Alice, que estava no centro de um dos bancos da praça. Ela começou a discorrer sobre a importância de os seres encarnados elevarem os pensamentos e alimentarem a mente, sempre que possível, com coisas positivas. Disse que na mente humana há informações guardadas que podem ser tanto negativas quanto positivas, e sugeriu aos presentes que mostrassem aos irmãos encarnados, em forma de palestra ou conselho, a importância de consultar informações positivas da mente.

Octávio utilizaria as intuições recebidas na próxima palestra. Mais uma vez, o breve encontro havia sido muito proveitoso. Em seguida, Rodolfo o levou de volta ao corpo físico.

* * *

Na terça-feira seguinte, Octávio estava novamente fazendo sua breve palestra no Centro Espírita Obreiros da Nova Era. Preparou um resumo do que iria falar. Sua explanação era exatamente o que Alice havia intuído a ele na noite anterior. Matheus não tirava os olhos de Octávio, que começou:

— É com muita alegria que vou dar início ao tema da palestra de hoje: "Dois Arquivos". Mais uma vez estou utilizando por base alguns dizeres de consagrados autores da Espiritualidade para passar a vocês alguns humildes ensinamentos. Escolhi o irmão José Carlos de Lucca, com o trabalho intitulado "Força Espiritual".

O ilustre palestrante fez uma pequena pausa, depois prosseguiu:

— A experiência de vidas pretéritas mostra-nos que em nosso interior temos dois arquivos: um, o arquivo morto, onde arquivamos nossas lembranças tristes, tais quais mágoas, culpas, fracassos, decepções e doenças; o outro, o arquivo vivo, onde depositamos nossas lembranças alegres, ou seja, amizades, amores, vitórias, realizações, aniversários, casamento, formatura, viagens... Os dois arquivos são de nossa propriedade, por esse motivo, às vezes, nos questionamos: Quando consultar um ou outro? Eu lhes respondo: o arquivo morto, o das lembranças tristes, apenas quando quisermos aprender com as experiências vividas. Sim, porque muitas vezes aprendemos mais com as experiências dolorosas do que com as alegres. Quando vivemos um momento doloroso e não damos importância ou nada tiramos de lições edificantes, vivemos uma experiência nula que, com certeza, será revivida no futuro.

— Já o arquivo vivo, devemos consultá-lo diariamente! Mas, infelizmente muitas vezes gostamos de cultuar a infelicidade, então remexemos a toda hora o arquivo morto e quase nunca nos debruçamos sobre o arquivo vivo, fazendo com que o acesso diário ao primeiro arquivo nos leve a um mar de doenças, misérias, tristezas, depressões, fobias. Orienta-nos Jesus que a semeadura é livre, mas a colheita é obrigatória; portanto, nossa vida é um constante ato de semear e colher. Ao semearmos alegria, colhemos felicidade; ao semearmos amor, colhemos amizade; ao semearmos a verdade, colhemos confiança; se a fé for nossa semente do plantio, o produto final será a certeza; ao plantarmos carinho, o fruto será a gratidão, e ao semearmos a educação, a colheita se fará por meio da mesma gratidão. Ocorre que, constantemente, preferimos plantar tristeza, discórdia, ira e injustiça, colhendo amargura, solidão, inimizade e abandono.

— Caríssimos irmãos, lembremo-nos sempre de que durante todos os dias de nossa vida, vivemos em uma determinada faixa de frequência. Se ela for positiva, nosso dia será positivo, se negativa, este será negativo. Mas, o que ocorre é que muitas vezes iniciamos nosso dia com: "Ai, hoje levantei com o pé esquerdo", ou "Ai, hoje não deveria ter saído da cama", ou ainda: "Ai, hoje estou sentindo que nada vai dar certo".

Nesse momento, as pessoas que assistiam à palestra começaram a rir. Uma jovem, ainda na tenra idade da adolescência, comentou sorrindo:

— Ih! Essa sou eu vários dias da semana!

Então, imediatamente Octávio a advertiu carinhosamente:

— Podemos parar por aí!!! Como poderemos querer que nosso dia seja positivo, se já o iniciamos em uma faixa de frequência tão negativa? Saibamos que não vivemos sozinhos nem apenas esta vida. Há toda uma interação entre nós e a natureza, a humanidade e o Universo!!! E nossa mente funciona como um imã, atraindo para nossa vida pessoas, fatos, circunstâncias que estão na mesma faixa vibratória. Não somos vítimas, e sim participantes de um filme chamado vida! Nas muitas reencarnações pelas quais passamos inumeráveis experiências, fizemos amigos e inimigos, praticamos o bem e o mal, amamos, mas também odiamos. Abrimos as portas para as diversas situações que vivenciamos hoje, além de termos atraído os que se afinam com nossos gostos e interesses. Se gostamos de música clássica, de ópera, de trabalhar para o próximo, de conversas elevadas ou de roubar, de fazer fofoca, ser maledicente, atraímos para perto de nós aqueles que se identificam com uma ou outra destas situações. A todo instante, nos deparamos com pessoas que reclamam de tudo e de todos: da vida, do governo, do clima etc. De quem é a culpa? De Deus, que resolveu nos castigar? Ou de nós? Vivemos em um mundo de provas e expiações; portanto, todas as mazelas existentes neste mundo estão onde deveriam estar; caso contrário, não estaríamos em um mundo de provas e expiações, mas sim em outros mais evoluídos. A mudança deve acontecer dentro de nós, em pequenas escalas, para mudarmos as grandes escalas. Para isso, remexer nosso arquivo morto a todo instante não ajuda em nada.

A mesma jovem de antes questionou o ilustre palestrante:

— O que devemos fazer para mudar as atitudes que temos há muito tempo?

— Podemos parar de nos culpar, de nos fazer de vítima ou carrasco, e começar a participar da vida, tornando-nos melhores no dia a dia, nas pequenas atitudes. Quando só consultamos nosso arquivo morto, tornamo-nos obsessores de nós mesmos. Consultemos nosso arquivo vivo e valorizemos o que temos de melhor: a família, o trabalho, os amigos, a saúde e a vida. Agradeçamos sempre ao Pai por desfrutarmos das grandes maravilhas do mundo. As muralhas da China, o Cristo Redentor, o Coliseu de Roma, o Taj

Mahal da Índia. Não? Agradeçamos a Deus todos os dias de nossa vida por podermos enxergar, ouvir, tocar, provar, sentir, rir e, a mais importante de todas as coisas: amar. Muita paz a todos.

Após a breve palestra, todos os presentes foram encaminhados para uma sala em que havia vários médiuns que ministravam passes com muita concentração e muito amor. Matheus e Martin ali presentes notaram que ao sair daquele agradável ambiente foram tomados por sensações de leveza e bem-estar. Passados alguns minutos, esperaram propositadamente que as pessoas começassem a sair para trocarem algumas palavras com Octávio. Após os calorosos cumprimentos entre eles, o ilustre palestrante falou para os dois:

— Percebo vocês com um bom semblante, meus jovens. Parece que estão mais felizes do que na semana passada.

— Creio que foram suas palavras, Sr. Octávio. Elas são como combustíveis para nossa alma — disse Matheus.

— Imagine! Obrigado pelo elogio. Mas creio que tem algo no ar, não é mesmo, rapazes?

— Conhecemos duas garotas especiais — disse Martin. — Talvez seja isso!

— Ora, que boa notícia, meus queridos. Existem coisas que estão predestinadas, e quando chega o momento oportuno elas acontecem. Pode ser, então, que vocês estejam vivenciando esse momento.

— Creio que sim, Sr. Octávio! Estou muito feliz por ter conhecido Suzana. Acho que Martin também gostou de Jaqueline, não é mesmo, amigo?

— Sim, isso mesmo. Então, o senhor captou nossa frequência, não é mesmo, Sr. Octávio?

— Percebi vocês mais felizes, e achei muito provável que dois jovens na idade de vocês tivessem alguma razão para estarem assim! Parabéns e sucesso aos dois na vida amorosa!

— Calma, Sr. Octávio. Por enquanto são apenas nossas amigas. Ainda estamos nos conhecendo melhor!

— Imagino! Mas, o brilho nos olhos de vocês denuncia que isso terá progresso — disse o ilustre palestrante com um sorriso sincero.

Os três continuaram a conversar e avançaram um pouco mais no assunto. Matheus contou que Suzana já tinha conhecimento da Doutrina Espírita e que pretendia frequentar algum centro espírita e futuramente atuar em alguns trabalhos assistenciais.

— Traga-a aqui, meu jovem. Ela estará no lugar certo — disse Octávio de forma tranquila e carismática. — E quanto a você, Martin, não se preocupe por Jaqueline ainda não estar com os olhos voltados para uma casa igual a nossa. Isso não importa! Deixe-a à vontade e saiba que o que mais tem valor são seus atos de benevolência em relação ao próximo.

— Sim, Sr. Octávio — disse Martin. — Concordo. E pelo que Matheus já me disse, Suzana até cogitou em vir hoje, porém estava enrolada no trabalho e iria ficar lá até às oito da noite. Na semana que vem, ela deverá estar conosco, não é mesmo, amigo?

— Se Deus quiser!

Os dois amigos despediram-se de Octávio e resolveram ir direto para suas residências, pois já haviam tomado um lanche. Naquele dia, Martin, o carona, foi deixado pelo amigo na porta de casa.

Capítulo 10

O início

Enfim, chegou o sábado tão aguardado pelos quatros jovens. Juntos, combinaram assistir a uma comédia em um cinema e depois sair para jantar. Após se divertirem com o filme, foram a um restaurante mais reservado em que conversaram bastante. Suzana e Matheus já se sentiam completamente enturmados e procuravam fazer com que Jaqueline e Martin quebrassem um pouco as formalidades um com o outro.

— A noite está ótima, e se vocês quiserem podermos ir dançar! Que tal? — disse Suzana.

— Suzana, a questão não é ter pique, mas tudo se gasta nesta cidade, não é mesmo? — perguntou Jaqueline. — Acabamos de sair de um cinema, agora estamos jantando... Fazer três coisas em seguidas não é para qualquer um.

— É verdade — concordou Martin. — Por sinal, a conversa está muito agradável, e dependendo do lugar teríamos de gritar nos ouvidos um dos outros para conversar. Em seguida, ele fez uma brincadeira imitando jovens que quando conversam ficam aos berros para se comunicarem, e arrancou muitas gargalhadas. — Podemos combinar na semana que vem.

— Você é muito divertido, Martin! — falou Jaqueline. — É mesmo! Essas baladas são boas apenas para ficarmos nas pistas dançando. Conversar é difícil mesmo!

— Então, vamos aproveitar que estamos nós quatro aqui para colocarmos os assuntos em dia — sugeriu Matheus. — Mesmo porque aqui não está completamente lotado, e os garçons não se incomodarão se esticarmos nosso assunto por longo tempo.

— Podemos ficar aqui até nos expulsarem — falou Jaqueline.

— Já vi que fui voto vencido — falou Suzana sorrindo. — Tudo bem! Combinamos de dançar outro dia. Gostei muito daqui! Foi sua ideia né, Martin? Parabéns pela escolha!

— Descobri na internet.

— Ora, Martin! Você conhece internet? — perguntou Matheus, brincando. — Eu nem imaginava!

As meninas riram bastante com Matheus. Ele deu um sorriso irônico e devolveu a fala para o amigo.

— Só porque não sou adepto das redes sociais você vem com esse papo nada a ver? A internet faz parte do dia a dia das pessoas. É essencial.

— Brincadeira, Martin! Só falei isso para arrancar uma risada dessas duas lindas moças, e pelo visto consegui.

— Mandou bem, então, amigo!

— Eu também não sou muito adepta dessas redes. Até fiz um perfil no Facebook, mas nunca postei nada lá — disse Jaqueline.

— Mais um ponto em comum entre os dois, Matheus — disse Suzana sorrindo.

Jaqueline e Martin esboçaram um ar surpreso, meio sem jeito pela espontaneidade de Suzana, que logo emendou:

— Você é loira, minha amiga, e Martin também! Não curte muito o Facebook e Martin acabou de dizer que também não. Creio que vocês são mais recatados do que nós!

— Isso é — disse Matheus. — Garanto-lhe que sou muito mais falante que Martin, e percebi que você também fala pelos cotovelos, não é, Suzana?

— Falo bastante! Vivo me policiando! Acho que você também é assim como eu, não é mesmo, Matheus?

— Você ganha de mim, minha querida! Pode ter certeza — respondeu Matheus.

Os quatro continuaram a conversar por mais uma hora naquele restaurante, tornando a noite muito agradável. Era pouco mais de vinte e três horas quando Suzana propôs que todos fossem ao apartamento delas para continuarem o papo e curtir a noite. Inicialmente, eles ficaram meio reticentes; somente depois de muita insistência aceitaram o convite.

O apartamento era muito bem decorado e aconchegante. Elas costumavam zelar pela ordem e limpeza. Tudo era absolutamente impecável, arrumado e perfumado. Como eram duas garotas prendadas, provenientes de boa família, o lar refletia esses costumes.

Matheus já havia entrado lá rapidamente no fim de semana anterior, porém Martin ficou encantado com tudo. Pelo fato de os dois rapazes ainda morarem na casa dos pais, ao observarem tanta organização e ordem imaginaram que as duas amigas tivessem grande maturidade.

Os quatro continuaram a conversa e se ajeitaram relaxadamente nos sofás da sala. Havia uma arandela na parede, e a luminosidade podia ser graduada de acordo com o gosto de cada um por meio de um interruptor redondo. Jaqueline perguntou aos rapazes e à amiga se poderia deixar o ambiente ainda mais aconchegante. Ao ouvir a resposta afirmativa de todos, colocou um som ambiente com músicas românticas e deixou a sala com pouca claridade.

Rapidamente, os casais começaram a trocar assuntos particulares em par, cada um em um dos sofás da harmoniosa sala. As conversas só eram interrompidas pela presteza das meninas que, por vezes, iam à cozinha buscar sucos e outras guloseimas.

Já passava das duas da manhã, quando Matheus e Suzana perceberam que o casal de amigos, que conversava em tom de voz mais baixo que eles, havia parado de falar. Ao olharem, notaram que eles estavam trocando um beijo. Suzana falou:

— Tá vendo, Matheus? Nós falamos demais e fazemos de menos! Os dois pombinhos, loiros e mais quietos do que nós, estão à nossa frente.

— Não seja por isso, Suzana.

Em seguida, ambos trocaram um longo beijo. Começava naquele dia a vida amorosa tanto de Martin e Jaqueline quanto de Matheus e Suzana. Passados aqueles momentos mais afetivos, em torno das três horas da manhã, as anfitriãs propuseram um brinde improvisado aos novos casais com os copos de sucos reabastecidos.

Não muito depois desse horário, os rapazes rumaram para suas residências felizes. Todos teriam uma noite de sono muito boa, repleta de alegrias pelo momento vivenciado. Começava assim, uma bonita história de amor entre eles.

Capítulo 11

Uma crise

Eram dez horas da manhã de domingo quando o celular de Matheus tocou, acordando o rapaz que não havia dormido como gostaria.

– Matheus!

– Suzana? O que foi? Sua voz não está boa. O que houve?

– Sei que posso ter te acordado, mas Jaqueline não está bem! Nossa família não mora em São Paulo, e a primeira pessoa para quem pensei em ligar foi você!

– Imagine! Eu já havia acordado e estava lavando o rosto.

– O que ela tem?

– Não sei, meu amor! Ela tinha tudo para acordar nas nuvens, porém não quer sair da cama e não para de chorar.

– Oh, meu Deus!

– Vou para aí imediatamente! Quer que eu avise o Martin?

— Não. De forma alguma! Jaqueline não me perdoaria! Ela nem sabe que estou falando com você. O que eu faço, amor?

— Eu vou até aí! Vou sozinho, fique tranquila.

— Está bem, Matheus. Desculpe lhe dar esse trabalho.

Rapidamente, Matheus chegou ao apartamento. Parecia que ele havia chegado no pior momento, pois assim que entrou na sala ouviu o choro alto de Jaqueline, que entre soluços falava alto, quase aos gritos:

— Eu sei que ele não vai me querer, Suzana! Eu não devia ter forçado a barra. Eu faço tudo errado!! Oh, meu Deus!

Suzana disse para Matheus que ela já estava nessa crise havia meia hora, não conseguia acalmá-la. Ele respondeu antes de chegar ao apartamento que já estava orando pela amiga, e que Suzana deveria fazer uma última tentativa para acalmar Jaqueline. Por fim, disse:

— É melhor ela não saber que estou aqui, pelo menos por enquanto. Tente você mesma envolvê-la em boas vibrações com suas palavras. Só entrarei em cena se você não conseguir acalmá-la. Diga a ela que do mesmo jeito que você, ela é linda e será muito feliz com Martin, que saiu daqui nas nuvens. Diga isso!

Suzana entrou no quarto da amiga e disse:

— Não fique assim, Jaqueline! Você está fantasiando coisas sem nexo. Vou lhe contar algo: Matheus me disse que Martin saiu daqui muito feliz, como nunca esteve na vida.

Jaqueline parou de falar e pareceu conter o choro por alguns instantes. Naquele momento, Suzana emendou:

— Veja como você é linda, minha amiga. Tem um excelente emprego, uma família que a ama. Tem a mim por perto e acabou de conhecer um rapaz sensacional, que só vai lhe dar alegrias. Pense nisso, querida! Tire essas fantasias da sua cabeça. Tente alimentar sua mente com coisas positivas e colocar de lado todas essas aflições. Vamos! Levante-se e vá tomar um bom banho, pois a água corrente renova nossas energias e vai tirar tudo que de ruim a aflige. À tarde, quando melhorar, ligaremos para os rapazes para que venham aqui assistir a um bom filme. Que tal?

Pouco a pouco, Jaqueline foi se recompondo, e com todo o carinho da amiga, levantou-se da cama e foi direto para o banheiro. Naquele momento, Suzana voltou para a sala de visitas e percebeu Matheus ainda de olhos fechados e com um semblante de concentração.

Jaqueline estava no banheiro com o chuveiro ligado e não percebeu Matheus conversando na sala com Suzana.

— Acho que vou embora, meu amor. Melhor que ela não me veja para que continue se sentindo bem.

— Você acha mesmo?

— Creio que sim. Ela possui um quadro depressivo e se me visse poderia imaginar que eu contaria para Martin o estado em que ela estava.

— Você pode estar certo, sim. Mas, tenho certeza de que você foi útil com suas vibrações.

— Mesmo antes de entrar eu já estava orando, porém aqui intensifiquei minhas preces. Parece que deu certo, né?

— Com certeza, amor.

O casal continuou a conversar enquanto Jaqueline tomava banho. Depois, Matheus saiu. Combinaram de se falar à tarde, por telefone, para combinar algo.

Nos momentos em que Matheus orava, alguns Guias Espirituais de Luz estiveram presentes perto da moça perturbada. Sem que as pessoas encarnadas percebessem, deram passes magnéticos na jovem enferma, tentando restabelecer seu equilíbrio. Assim que Jaqueline melhorou, os socorristas foram embora com semblante feliz.

* * *

Matheus voltou para sua residência, ligou para o amigo e lhe contou o ocorrido, pedindo-lhe para que se fizesse de desentendido, caso as meninas lhe contassem.

— Sim, Matheus. Fique tranquilo. Mas, Jaqueline está bem?

— Com certeza. Acabei de ligar e tudo foi superado.

— Ontem conversamos bastante e ela mesma me contou do problema de depressão. Toda recalcada, perguntou se eu a aceitaria. Falou que ainda toma remédios e faz algumas sessões de psicoterapia.

— E você? O que lhe disse?

— Mostrei-me solidário! Disse-lhe que isso não era empecilho para que ficássemos juntos.

— Você é meu amigo e posso dizer isso, Martin: tomara que tanto eu quanto você não nos iludamos apenas pela beleza física delas.

— Por que você está falando isso, Matheus?

— Porque ainda enxergamos isso em primeiro lugar. Deixamos coisas muito mais importantes para trás, mas deixa para lá.

— Entendi aonde você quer chegar, meu amigo! Vou lhe confessar que pensei que poderia ter problemas com uma garota depressiva, porém aquele lindo olhar meigo e rosto angelical me fizeram esquecer isso.

— Pois, é Martin! Cuidado para não machucar as pessoas no seu caminho. Você me levou a um abençoado local recentemente, que toda semana nos traz lições acerca da vida maior. Pense melhor nisso. Se gosta de Jaqueline, vá em frente, porém, se não gosta, não entre em seu caminho.

Martin emudeceu por alguns segundos, pois respeitava muito o amigo Matheus e sempre dava crédito ao que ele falava. Depois, disse:

— É verdade, meu irmão! Já machuquei alguns corações nesta minha vida de namorador, porém agora será diferente.

— Você é meu amigo, Martin! Jaqueline precisa de alguém que queira algo sério. Não a machuque.

— Por sinal, tive uma ideia, Matheus. Sei que neste fim de semana o centro espírita está realizando um bazar no qual Octávio estará presente. Antes de irmos à casa das meninas, à tarde, que tal passarmos lá e expormos o ocorrido com Jaqueline? Suas palavras são sempre bem-vindas.

— Boa ideia. Conselhos nunca são demais. Mas acho que fiz o que deveria: orei o tempo todo.

— Isso! Mais uma coisa para lhe contarmos! Vamos lá, então?

Na parte da tarde daquele domingo, os dois já tinham combinado de ir ao apartamento das garotas e antes passaram no bazar para encontrar Octávio, que prontamente os viu:

— Meus queridos! Que boa surpresa! Como é bom ver gente jovem aqui conosco!

Os dois sorriram e se entreolharam.

— Querem me contar algo, não é mesmo?

— Como sabe, Sr. Octávio? — perguntou Martin.

— Tem um anjinho aqui no meu lado direito assoprando em meu ouvido! Martin e Matheus deram um sorriso amarelo para Octávio, que continuou: — Sou médium intuitivo e, às vezes, pressinto as coisas. Digam, sem medo, rapazes!

— Estamos namorando com as garotas, Sr. Octávio. Agora é oficial! — disse Martin, com um enorme sorriso, emendando: — Matheus com Suzana e eu com Jaqueline. Estamos muito felizes, mas gostaria de ajudar minha namorada, pois ela está enfrentando problemas de depressão. Hoje acordou com uma crise de choro e só foi acalmada depois de algum tempo.

— Que boa notícia, meus queridos! Fico feliz! Tudo dará certo! Realmente essa moça precisa de ajuda. Tenho uma ideia! Vou preparar a palestra da próxima terça-feira e procurar pedir aos Guias Espirituais para que me inspirem acerca de um tema que possa ajudá-la.

— Se fizer isso por nós, ficaremos muito gratos — disse Martin.

— O que eu puder fazer será com imenso prazer. Saibam disso.

Os três continuaram a conversar por cerca de meia hora. Tomaram um café com o ilustre palestrante e apreciaram todas as mercadorias do bazar. Foram apresentados às pessoas que ainda não os conheciam e convidados a visitarem o centro mais vezes.

Em seguida, os dois seguiram para o apartamento das garotas e passaram um fim de tarde muito agradável. Jaqueline já estava refeita e não mostrava traços de que havia chorado. Martin procurou ser mais dócil do que o normal por saber do ocorrido, sem comentar nada com ela. As meninas estavam muito felizes e cada vez mais envolvidas com os namorados.

Capítulo 12

Oportunidade

Naquela mesma noite, Octávio, antes de adormecer, fez uma prece pedindo para que fosse intuído em relação a alguma palestra para ajudar a jovem Jaqueline.

Depois de sair do corpo físico, notou que estava ao lado de uma senhora que tinha cerca de sessenta anos de idade. Ela se apresentou de forma tranquila:

— Boa noite, Octávio! Meu nome é Lourdes e você rogou para ajudar uma irmã da Terra, por esse motivo vou levá-lo a um local onde você receberá a intuição. Hoje, farei o papel do nosso companheiro Rodolfo.

— É uma alegria que possa nos ajudar.

Lourdes pediu para que ele fechasse os olhos e elevasse os pensamentos para que, como em um piscar de luz, ambos fossem transportados para um local apropriado.

Em poucos segundos, surgiu um formoso prédio de estilo medieval, tal qual um castelo da França, que possuía enorme porta antes de alguns degraus. Os dois foram carinhosamente recebidos por obreiros que ali trabalhavam e encaminhados a um grande auditório, que comportava aproximadamente quinhentas pessoas. Todos os assentos estavam ocupados. Lourdes, comunicando-se com Octávio pelo pensamento, explicou-lhe que todos os presentes eram seres iguais a ele: estavam em edificantes viagens astrais para adquirir novos conhecimentos.

Um simpático senhor começou a apresentação na parte frontal daquele auditório e discorreu sobre o tema "Aflição", fazendo menção ao livro **Ceifa de luz**, de Chico Xavier. Vários pormenores do livro foram citados, e Octávio conseguiu assimilar muitas coisas em seu subconsciente. Após a edificante viagem astral, o ilustre palestrante foi levado de volta ao corpo físico.

* * *

Na terça-feira, Octávio faria uma breve palestra no Centro Espírita Obreiros da Nova Era. Naquela noite, além de Matheus e Martin, Suzana também estava presente. A explanação seria exatamente o que ele, Octávio, havia assimilado na noite anterior:

– É com muita alegria que iniciarei minha fala desta noite. O tema é "Aflição". Mais uma vez estou utilizando como base alguns dizeres de filósofos da vida maior, para passar para vocês alguns humildes ensinamentos. Escolhi a frase grafada nas escrituras sagradas que estão em Matheus, capítulo 6, versículo 34.

O ilustre palestrante fez uma pequena pausa e prosseguiu com prévia leitura de suas anotações:

— *Não vos inquieteis pelo dia de amanhã, porque o dia de amanhã assim mesmo trará cuidado. Basta a cada dia sua própria aflição* (Mateus, 6:34). Caríssimos irmãos, que a paz do Mestre amado Jesus nos envolva. O nosso tema de hoje, "Aflição", que pode ser traduzido por agonia, sofrimento e preocupação. Vivemos em um mundo de provas e expiações; portanto, nosso retorno a este orbe é sempre uma missão regeneradora, a fim de corrigirmos erros, enganos e maus comportamentos de vidas passadas. Quando desencarnados, o medo da nova oportunidade na carne produz em nossa alma sentimentos aflitivos diante da possibilidade de fracassarmos em nossa disposição de acertarmos. Quando encarnados, ficamos aflitos pelo nosso passado faltoso, em que nossa consciência nada ou quase nada nos cobrava por nossas atitudes equivocadas; pela enfermidade pedagógica, que nos ensina até onde seguir e por quais caminhos trilhar nossa jornada; por uma condição social repleta de espinhos, que visa ajustar nosso comportamento; por um lar onde devemos aparar arestas e nos reajustarmos com nossos pares e familiares; pelo trabalho amoedado, que nos traz o medo do desemprego, as diferenças fraternas, a dificuldade da direção ou da subalternidade e, finalmente, a aflição pelo sofrimento alheio, a transformar-se, talvez, em caridade. Em toda parte, por onde caminharmos, encontraremos a aflição por ensinamento bendito, porém, o grande problema não está nas aflições, mas sim em nós mesmos, sempre interessados na fuga do trabalho difícil, em busca do consolo e reconforto das nossas aflições, adiando indefinidamente o trabalho indispensável à nossa melhora e ao nosso crescimento espiritual.

— Em nossa vida tudo depende de nós, inclusive amenizar nossas aflições. Como? Por meio do autoconhecimento ensinado por Jesus: *Conhecereis a verdade e a verdade vos libertará,* João, 8:32. Conhecer a verdade é primeiramente nos conhecermos, saber que nosso estágio evolutivo ainda é muito pequeno e, portanto, ainda que muito erremos, devemos buscar a reparação destes e confiar que as coisas têm um tempo certo para acontecer e para terminar. Então, confiemos em Deus e na sua justiça: a justiça divina. À medida que nos aproximarmos do meigo Rabi da Galileia, e intensificarmos nosso amor ao próximo, nossas aflições serão temporárias e passaremos a entender as palavras d'Ele.

Octávio fez uma ligeira pausa, consultou suas anotações e leu:

— *Vinde a mim todos vós que estais aflitos e sobrecarregados, que eu vos aliviarei. Tomai sobre vós o meu jugo e aprendei comigo que sou brando e humilde de coração e achareis repouso para vossas almas, pois é suave o meu jugo e leve o meu fardo.*

E, em seguida, continuou:

— Para aquele que não acredita na vida futura, as aflições têm um peso maior, pois não consegue divisar um termo para as mesmas nem mesmo conceber o fato de que ninguém recebe o fardo maior do que pode carregar, portanto, o fardo que nos pertence pode ser suportado por nossos ombros, bastando saber onde encontrar a força necessária. Para nós, que aceitamos e entendemos a reencarnação, como forma bendita de crescimento espiritual, as aflições perdem grande parte de seu poder de sofrimento, pois compreendemos que a solução dos problemas nem sempre depende de nós, cabendo-nos fazer o que nos é possível para amenizar o sofrimento. Compreendemos ainda que muitas de nossas aflições têm causa em vidas passadas, e as dores vivenciadas fazem parte desse processo de expurgo dos erros pretéritos.

Todos os presentes olhavam o ilustre palestrante com semblante de aprovação. Ele então continuou:

— Quando o amigo das esferas crísticas ensina-nos que os aflitos serão consolados, o faz porque sabe que nossas aflições serão construtivas quando bem aproveitadas, por serem processos depurativos e convites para meditarmos sobre as nossas atitudes passadas, presentes e futuras. Caríssimos e amados irmãos, recordemos o apóstolo da caridade, Chico Xavier, quando nos orienta por meio de suas dulcíssimas e confortadoras palavras.

Novamente, Octávio consultou as anotações e leu:

– Hoje a luz do presente dia como este dia em toda a vida terás este somente. Recorda isso e atende todo o bem que desejes fazer. Prestação de serviço em socorro de alguém, atenção no dever, felicidade e paz, esperança e carinho. Que aspires a plantar em lances do caminho, alegria, favor, dádivas que pretenda ofertar, relações que precisa recompor, gentilezas no lar e que nada disso atrases, nem deixes que fazer para depois, porque o tempo não volta, contando sempre aquilo que se fez. E dia igual a hoje, só terás uma vez.

Em seguida, Octávio despediu-se:

- Muita paz a todos.

Após o encerramento e os habituais passes, os três jovens esperaram o movimento da casa diminuir para trocarem algumas palavras com o simpático senhor:

– Boa noite, e mais uma vez obrigado pela palestra, Sr. Octávio! – falou Martin.

– Isso mesmo! Suas palavras são um bálsamo para nós – complementou Matheus emendando em seguida: – Esta é Suzana, minha namorada.

– Olá, Suzana. Muito prazer! Seja bem-vinda.

– O prazer é todo meu, Sr. Octávio. Não via a hora de conhecer esta abençoada casa. Obrigada pela oportunidade.

— Nós é que lhes somos gratos por estarem aqui conosco e disseminarem nossos conselhos para tantas almas necessitadas de amparo. E sua amiga? Como está?

— Nossa! Obrigada pela preocupação! Cada dia que ela passa bem é uma vitória. Temos orado bastante.

— Nós também! Martin sabe disso! Não é mesmo, meu rapaz?

— É verdade. Eu mais do que ninguém quero vê-la bem.

— Continuem com as vibrações. Permaneçam com os pensamentos elevados para mantê-la assim.

— Gostei muito da palestra, Sr. Octávio — disse Suzana. — Creio que suas palavras vieram a calhar. Minha amiga Jaqueline está, na verdade, vivendo um momento de "Aflições".

— Procurem passar para ela a essência do que vocês guardaram na noite de hoje. Independentemente da sua crença, é preciso fazê-la enxergar as coisas de outro modo. Existe logicamente uma disposição fisiológica para sua doença, porém as aflições mencionadas possuem grande peso. Tenho certeza de que se vocês todos, na condição de amigos dela, cultivarem a fé, despertarão no seu frágil coração uma semente para que seu problema seja resolvido. Seria muito bom tentar trazê-la aqui!

Os três se entreolharam com ar de dúvida, e Octávio continuou:

– Prometam o seguinte, meus queridos, comentem com ela tudo o que vivenciaram aqui. Contem-lhe em detalhes como é a nossa casa, como são as palestras, os passes, o que nós falamos, como são nossas obras assistenciais e outras informações pertinentes ao Centro Obreiros da Nova Era. Façam isso, aos poucos, e não a sufoque com muitas informações. Isso vai semear algo de bom. Não tenho dúvidas. Mesmo com uma posição religiosa mais conservadora, ela pode voltar os olhos para nós! Prometam que ao menos vão tentar. Está bem?

Os três concordaram com um bonito sorriso e continuaram a conversa acerca de outros assuntos ligados ao centro. Suzana elogiou o local, dizendo-se encantada com tudo. Falou ainda que faria de tudo para que a amiga se fortalecesse e seguiria os conselhos dele. Depois, encerraram o diálogo e se despediram, cada um rumando para sua casa.

O ilustre palestrante agradeceu a Deus por mais uma noite de trabalhos e pela oportunidade de poder ajudar mais uma criatura enferma, que necessitava mais de cuidados espirituais do que materiais.

Capítulo 13

Vibrações positivas

Quando Suzana chegou ao apartamento já passava das dez horas da noite. Jaqueline, ao ouvir o barulho da porta se abrindo, logo saiu do quarto deixando a televisão ligada, e foi ao encontro dela com um sorriso:

– E aí? Como foi? Conte-me!

– Foi ótimo, Jaqueline. Que pena que você não quis ir. O Martin teria adorado.

– Eu sei, Suzana. Mas, confesso que fico meio receosa de ir a esses lugares.

– Bobagem da sua cabeça, minha amiga! As pessoas que frequentam são maravilhosas. Um dia vou levá-la, aguarde-me.

– Quem sabe, Suzana! Martin perguntou de mim?

– Lógico, Jaqueline! Como lhe disse, ele teria apreciado demais se você estivesse presente. Ele gosta muito de você.

– Será mesmo, minha amiga? Tenho muito medo de me machucar.

— Você tem de tirar essas bobagens da sua cabeça e viver sua vida! Essas suas aflições podem ser vencidas. Só depende de você! — falou Suzana lembrando-se da palestra a qual acabara de assistir. — Sei que seus pais são católicos praticantes e você também por muitos anos frequentou a igreja, não é isso? Vou, então, lhe contar algo que talvez você goste de ouvir.

A amiga consentiu com um sinal afirmativo de cabeça, e Suzana prosseguiu:

— Hoje compreendi uma parábola do Evangelho de João que diz *Conhecereis a verdade e a verdade vos libertará*. Sabe como? Entendi que a verdade nada mais é do que conhecermos a nós mesmos sabendo das nossas limitações, pois ainda temos muito que aprender. Se nos aceitarmos e acreditarmos que tudo tem o momento oportuno para melhorar, conseguiremos vencer nossas aflições.

— Nossa! De onde você tirou isso?

— Estou mais ou menos reproduzindo uma parte da palestra que tivemos.

— Mas, lá não é um centro espírita? Você está falando de uma passagem bíblica.

— É que a Doutrina Espírita tem embasamento no Evangelho de Jesus. Simples, não é mesmo?

Jaqueline fez uma expressão de surpresa e depois de interesse, perguntando:

– Você assistiu a uma palestra, é isso?

Suzana contou detalhadamente todos os pormenores do que havia observado: como era o centro, as pessoas, a decoração; como havia sido a palestra, os passes, enfim, tudo. Depois, falou de Octávio.

– Ah, e o Sr. Octávio, o palestrante, é uma pessoa incrível. Um amor de criatura.

– Conte-me um pouco mais da palestra. Era sobre o quê?

– Que bom que você está se interessando pelo assunto. Creio que a breve palestra veio a calhar. Era sobre aflição.

– Então, foi por essa razão que o palestrante fez menção ao Evangelho de João?

– Exatamente. Para ligar essa passagem ao tema aflição. Mais ou menos o que lhe falei. Mas ele disse mais coisas... Não lembro exatamente, mas citou uma passagem de Jesus que fala mais ou menos assim... Fala de aflição também. *Vinde a mim todos os aflitos que vos aliviarei*. Era basicamente isso.

Jaqueline fez uma expressão de quem conhecia o assunto e prontamente emendou:

> *– Vinde a mim, todos vós que estais aflitos e sobrecarregados, que eu vos aliviarei. Tomai sobre vós meu jugo e aprendei comigo que sou brando e humilde de coração e achareis repouso para vossas almas, pois é suave meu jugo e leve meu fardo.*

Suzana fez uma expressão de espanto e perguntou:

— Como sabe isso? Foi exatamente assim que Octávio falou.

— Bem, quando eu era pequena minha mãe adorava essa fala e a repetia inúmeras vezes, tais quais outras frases de Jesus. Sabe como que é, não é mesmo? Crescer em uma família católica praticante dá nisso — emendou Jaqueline com algumas risadas.

— Pois então, Jaqueline. Em um centro espírita nossos irmãos nos fazem enxergar as coisas com outros olhos, mas tudo embasado no Evangelho de Jesus. Essa fala que você sabe de cor, por exemplo, é explicada sob o prisma da vida maior, pois com a existência de múltiplas vidas, as aflições perdem sua força, pois as causas podem estar muito antes do nosso nascimento.

— Desculpe, Suzana, mas não consigo acreditar nessas coisas de reencarnação. Respeito muito sua crença, porém prefiro me ater às minhas origens.

— Logicamente, minha amiga! Isso não tem importância! Quero vê-la bem e livre das aflições, mas o tema foi bem oportuno.

— Entendo e agradeço. Obrigada, por se preocuparem comigo. Confesso que me senti muito bem durante esta noite enquanto estiveram por lá. Tenho certeza de que as preces que vocês provavelmente fizeram surtiram efeito.

— Com certeza, Jaqueline. Todos nós vibramos muito por você.

— Mais uma vez, muito obrigada! Espero que entendam minha posição. Não me sentiria bem indo lá. Creio que ainda não estou madura o suficiente. Além disso, imagine se minha mãe soubesse disso! Não sei qual seria sua reação.

— Não se preocupe, Jaqueline. Se você não se importar em ficar por algumas horas sozinha, às terças-feiras, eu irei outras vezes, sim.

— Lógico que não me importo, Suzana!

* * *

No dia seguinte, na empresa em que os dois jovens trabalhavam, na hora de rápido café, Matheus dialogou com o amigo Martin.

— Ontem, durante a palestra, lembrei-me o tempo todo de Jaqueline, Matheus. Não sei, mas parece que esse tema veio na hora certa.

— Percebi sua fisionomia enquanto o Sr. Octávio falava, meu amigo. Sabia que estava remetendo seus pensamentos a ela.

— Pois então, Matheus! Acho que agora, mais do que nunca, quero ajudá-la. Vou tentar convidá-la para sair hoje à noite. O que acha?

— Uma ótima ideia. Será um meio de semana especial para vocês. Leve-a para jantar naquele ambiente familiar que costumamos ir. O preço é bom, e o lugar aconchegante para vocês conversarem.

— Por que você não chama a Suzana para irmos nós quatro?

— Até seria uma boa ideia, mas acho interessante vocês terem um momento sozinhos. Que tal?

— Tenho de concordar, meu amigo! Durante a parte da manhã, tentarei fazer o convite.

Os dois permaneceram conversando até o momento em que Martin foi chamado por um colega de trabalho que por ali passava. Despediram-se com um breve gesto e com as energias recarregadas pela noite anterior ao lado dos companheiros do Centro Obreiros da Nova Era.

Capítulo 14

Felicidade

No horário de almoço da empresa em que as duas jovens trabalhavam, Jaqueline, com ótima fisionomia, comentava com Suzana, a caminho do restaurante:

— Você não acredita, Suzana! Sabe por que me atrasei? Depois que desliguei o telefone combinando o almoço com você, o Martin me ligou me convidando para jantarmos esta noite!

— Que legal! Em plena quarta-feira? Uau! Já vi que o namoro de vocês promete, hein, amiga? Viu, como ele está com boas intenções?

— Acho que sim, né, amiga? Ele disse que como ontem se sentiu sozinho no centro quer me ver hoje de qualquer jeito!

— É verdade, mas ontem estávamos focados em outras coisas. Eu acho que mesmo que estivéssemos nós quatro dificilmente sairíamos de lá para fazermos algo. Ia ficar muito tarde e todos trabalhamos no dia seguinte. Mas que ele se sentiu solitário, pode ter certeza de que se sentiu.

— Tadinho, né? Notei que ele estava com uma voz carente, pelo telefone.

— Acabe com a carência dele no momento em que o revir, Jaqueline — disse a amiga com um sorriso irônico.

Jaqueline retribuiu o sorriso e com um olhar ainda mais insinuante falou:

— Você sabe que sou do tipo difícil, amiga, mas vou pensar no que me disse!

As duas seguiram conversando, e a maior parte do tempo falando acerca dos rapazes. Suzana revelava à amiga que se sentia muito bem ao lado de Matheus e que tinha a impressão de que estavam juntos havia muito tempo. Estava segura e confiante com seu novo amor. Já Jaqueline ainda precisava de mais tempo para se sentir segura em relação a Martin. A amiga sempre lhe dava bons conselhos dizendo a ela que deixasse o tempo cuidar disso.

* * *

Naquela noite, Jaqueline e Martin estiveram juntos no agradável ambiente sugerido pelo amigo. Os dois começaram a se conhecer melhor, pois após os encontros iniciais soltavam-se naturalmente, mostrando gostos, preferências, qualidades e até mesmo revelando defeitos.

— Tenho de lhe confessar, Martin, que tenho medo de me machucar. Sempre evitei namoros mais sérios. Estou sentindo que com você está sendo diferente, porém quero ter também certeza dos seus sentimentos.

— Dou-lhe toda a razão, minha querida; também tenho evitado relacionamentos intensos, mas com você será diferente!

— Mas, como conversamos, já lhe disse que não sou tão normal quanto aparento.

— Imagine, querida! Você é perfeita, linda, inteligente...

— As aparências enganam — disse Jaqueline, com um tímido sorriso.

— Por que está falando assim, Jaqueline?

— Porque sei que pela minha doença as pessoas acabam se afastando de mim. Por causa da depressão, sei que tenho momentos melhores e outros nem tanto.

— Ora, minha querida! Você acha que isso seria motivo para eu me afastar de você? Muito pelo contrário. Posso ajudá-la, se quiser!

— Você me conheceu em uma boa fase, porém, como já sabe, ainda tomo remédios e faço psicoterapia. Há dias que eu acordo péssima. Só quem vive essa problemática sabe do que estou falando.

— Conte sempre comigo, Jaqueline! Estamos juntos. Tenho certeza de que um dia você vencerá de vez esse problema.

— Obrigada, Martin. Fico muito feliz que você me compreende! Parece que estou melhorando, mas é bom você saber que, às vezes, tenho recaídas.

— Compreendo, Jaqueline. Eu tinha uma tia que sofria de depressão e ela conseguiu se curar. Você também conseguirá!

— Tomara, Martin! Quando penso que estou melhorando, de repente acordo com pensamentos ruins! Neste fim de semana mesmo, no próprio domingo, na parte da manhã, acordei muito mal, a ponto de preocupar Suzana. Ainda bem que tudo não durou mais do que cinquenta minutos.

— Mas, estivemos juntos no domingo à tarde e você não me contou nada. Demonstrou estar super bem.

— Já estava melhor, mas não cem por cento. Não quis preocupá-lo. Por esse motivo lhe disse que as aparências enganam. Tinha, de fato, acordado mal.

— Como você também tem suas crenças religiosas, digo-lhe para que tenha fé, independentemente da religião, e procure orar todas as noites antes de dormir e pedir a Deus para que melhore e acorde sempre com bons pensamentos.

— Nossa! Que legal você falar assim, Martin. Sei que você e o Matheus frequentam um centro espírita e pensam um pouco diferente de mim, mas é bom ouvir isso.

— A crença religiosa pouco importa em uma hora dessas. A oração sempre nos traz boas energias, desde que feita com muita fé e que se esteja conectado efetivamente com Deus. Digo isso, pois imagino que há os que rezam de forma automática, como se estivessem lendo um texto sem pensar no significado das palavras.

— Meu Deus! Como você falou bem! Nunca tinha pensado em uma coisa dessas.

— Na verdade, algum tempo atrás, em uma das palestras do centro, ouvi isso do palestrante e guardei.

— Tem tudo a ver. Sei que lá é um lugar bacana, porém você tem de entender que ainda não estou madura para ir. Minha formação religiosa é outra.

— Tudo a seu tempo, minha querida Jaqueline! Não precisa se justificar. Sabemos entender que o mais importante que ser desta ou daquela religião é praticar boas ações ao próximo.

O casal continuou a conversar enquanto aguardava o jantar. No fim da noite, conseguiram prolongar a permanência no aconchegante lugar, pois entre a sobremesa e o cafezinho tentaram enrolar ao máximo, uma vez que o ambiente não estava tão cheio. Havia sido uma noite perfeita para os jovens que estavam em começo de namoro. Em seguida, Martin levou Jaqueline para o apartamento, encostou seu carro em frente à guarita e ambos se despediram:

– Durma bem, minha querida! A noite foi ótima!

– Tem certeza que não quer subir, Martin? Ainda não é tão tarde.

– São mais de onze horas e amanhã trabalhamos. Além disso, você mora com Suzana, e sei que é chato chegar de surpresa sem avisar e tirar a liberdade dela.

– Está bem, Martin! Se bem que não haveria problemas com ela. Chega um determinado horário que cada uma fica em seu quarto com televisão e computador e uma nem vê a outra circular pelo apartamento.

– Eu sei, Jaqueline! Mas agradeço! Amanhã nos falamos.

Os dois despediram-se com muitos beijos. Martin esperou-a entrar, fechar o portão e sumir de sua visão para ir embora. Ele pegou o caminho de casa, e a encantada Jaqueline, com semblante de muita felicidade, seguiu para o apartamento. Diferentemente do habitual, encontrou a sala acesa e viu a amiga de camisola, também com semblante feliz.

– Nossa, Suzana! A essa hora você ainda está por aqui! Pensei que já estivesse no seu quarto ou mesmo dormindo!

– Preciso lhe contar uma, amiga! Logo depois que Martin a apanhou, recebi a visita de Matheus! Ele sabia que eu estaria sozinha e resolveu me fazer uma surpresa.

— Ah! É por essa razão que estou vendo aquele buquê de flores na mesinha de centro!

— Exatamente! Como eu poderia resistir? Ele chegou todo romântico e acabamos ficando por aqui e pedindo uma pizza.

— Que legal, Suzana! Minha noite também foi ótima!

— Isso! Conte-me, amiga! Como foi?

— O Martin é uma pessoa especial. Contei-lhe o que aconteceu comigo no domingo pela manhã e ele se mostrou muito compreensível.

— Que bom, Jaqueline. Todos estamos ao seu lado.

As duas amigas continuaram a conversar por vários minutos e cada uma contou os detalhes da noite que havia passado com o respectivo namorado. Para elas, tudo acontecia de forma muito rápida e ao mesmo tempo intensa. Estavam, simultaneamente, vivendo fases muito boas na vida, sentindo-se felizes e radiantes por terem conhecido os rapazes, que se mostravam com as mais sérias intenções.

Capítulo 15

Seis meses depois...

Jaqueline e Martin viviam muito felizes. Contudo, pela displicência de Jaqueline em frequentar o centro, o rapaz acabou perdendo a assiduidade e, aos poucos, afastou-se do local. Frequentava cada vez menos, e nas ocasiões em que estava ausente, arrumava alguma coisa para fazer com ela.

Suzana e Matheus, também muito felizes, viraram assíduos frequentadores, e a moça engajou-se em atividades voluntárias; em um determinado momento, passou a ser responsável pela livraria da Casa Obreiros da Nova Era.

Era o começo de tarde de um sábado quando Matheus chegou à portaria do prédio de Suzana, que entrou no seu carro, deu-lhe um beijo e disse:

— Boa tarde, meu amor! Estou muito ansiosa para saber como será a "Festa da Alegria".

— Será ótima, com certeza. Pelo que pude ver terá a participação de vários grupos de rock de algumas casas espíritas da nossa cidade, além de grupos católicos. Será um encontro feliz, sem dúvida alguma.

— Bem que Jaqueline e Martin poderiam estar conosco, não é mesmo? Esse encontro envolve gente de outras crenças.

— Com certeza, Suzana! Só que agora que ele teve uma promoção e está ganhando melhor, está viajando bastante com ela para São José do Rio Preto para visitar a família dela. Sabemos que a cada quinze dias ele tem feito isso.

— Mas podiam ter mudado isso, não é Matheus?

— Não sei, Suzana. O Martin me contou que nesse fim de semana tem uma tia da sua amiga que faz aniversário por lá e vai preparar um churrasco ou algo assim.

— Eu sei, Matheus. Até falei para a Jaqueline que toda hora essa tia está lá na casa dos pais dela e ela entenderia perfeitamente sua ausência. Mesmo porque, antes de conhecer o Martin, ela ia lá de três em três meses.

— Concordo, Suzana. Talvez seja desculpa mesmo, e ela não queria estar junto por ser algo relacionado ao centro. Tentemos compreender.

— É verdade, Matheus. Vamos aproveitar o ambiente, que por sinal estará ótimo.

— Com certeza, meu amor.

O Centro Espírita Obreiros da Nova Era poderia ser descrito como uma casa de razoável tamanho, localizada em um bairro um pouco afastado do grande centro de São Paulo. Naquele fim de semana, estava sendo realizada a "Festa da Alegria", que tinha o objetivo de arrecadar donativos para a caridade, com a apresentação de grupos de rock pertencentes a outros centros espíritas e também a algumas comunidades católicas.

No iluminado local havia, dentre os vários departamentos existentes, o de Evangelização Infantil, o Departamento de Escolas, o Departamento de Comunicação, o Departamento de Assistência Social e Espiritual, além de uma charmosa livraria, uma biblioteca e um belo auditório que acomodava pouco mais de trezentas pessoas.

Muitos eventos eram organizados durante o ano, tais quais a "Festa Junina", a "Semana Espírita" com a participação de palestrantes renomados daquele meio, o "Domingo da Macarronada", além de bazares beneficentes e eventos similares.

Nos últimos meses, Matheus e Suzana haviam se inteirado bastante naquele ambiente; sempre que chegavam eram carinhosamente recebidos por todos que ali trabalhavam. Naquela tarde, ao chegarem ao centro, antes de entrarem no auditório, que já estava lotado de jovens, encontraram Octávio circulando nos corredores do centro.

— Como vai, Sr. Octávio? Tudo bem?

— Olá, Matheus. Tudo ótimo! Como vai, Suzana? Que bom revê-los. Nosso auditório está cheio de jovens, como vocês. Acho que o evento será um sucesso!

— Temos certeza disso, Sr. Octávio. Tudo o que essa abençoada casa organiza é muito benfeito!

— É verdade. Mas procuramos sempre melhorar. E Martin? Tem notícias dele? Faz tempo que não o vejo.

— Está viajando com a Jaqueline! Até chegamos a sonhar que ele conseguisse trazer Jaqueline, mas não foi dessa vez.

— Tudo tem seu momento certo, meu jovem. Sinto que ele tenha se afastado, mas na vida da gente as coisas são assim mesmo. Há momentos que nos apegamos mais a um centro espírita e há outros que nos afastamos. Isso é normal, principalmente para aquele irmão que está na posição de ouvinte e não tem envolvimento mais efetivo com a casa.

— É verdade, Sr. Octávio. E o senhor? Como está?

— O senhor está no céu! Já disse a vocês que não precisam dessa formalidade comigo.

O jovem casal esboçou alguma gargalhada, e Suzana prosseguiu.

— Está certo que somos mais novos, mas temos muito respeito pela sua pessoa, Octávio.

— Vou fingir que estou entendendo, certo, meus jovens?

Os dois responderam com um riso sincero, quase com tímidas gargalhadas, e Octávio prosseguiu:

— Tentem se acomodar no auditório para pegarem um lugar mais à frente. Vocês sabem que se forem os últimos a entrarem ficarão mais atrás.

Os dois seguiram o conselho de Octávio e logo entraram e se acomodaram. Passado cerca de meia hora, o auditório encheu quase completamente e, antes de começar a apresentação da sequência dos grupos de rock, o responsável pelo centro abriu um breve discurso agradecendo a presença de todos. Em poucos instantes, a primeira banda apresentou-se e fez com que todos ficassem em pé apreciando a exibição. Naquele dia, houve a apresentação de mais cinco bandas, cada uma tocando em torno de vinte e cinco minutos. Tudo muito animado; a maioria das pessoas ali presente ficou satisfeita. No domingo, Matheus e Suzana foram prestigiar outras seis bandas que ali se apresentaram.

Depois do fim da "Festa da Alegria" daquele domingo, o jovem casal fez questão de esperar todos saírem para ajudarem os outros colaboradores do centro a organizarem o auditório e as demais dependências da casa. A ideia era fazer o serviço mais grosso, pois no dia seguinte haveria uma faxineira. Enquanto ajeitavam uma ou outra coisa, Octávio chegou para o jovem casal e disse:

— Meus queridos, não quero que façam mais nada! Amanhã estarei aqui com uma faxineira, que é remunerada para isso. Ela está mais acostumada! Não se preocupem.

— Imagine, Sr. Octávio, ou melhor, Octávio. Vamos só tirar aquelas caixas do palco e levá-las lá para cima, que é o lugar delas — disse Suzana. — É rápido! Cinco minutos e terminamos tudo.

Em pouco tempo, os dois fizeram o que se propuseram e, antes mesmo de pensarem em fazer mais alguma atividade, foram carinhosamente interrompidos por Octávio:

— Agora vamos à lanchonete. Será por minha conta.

— Receio que a lanchonete daqui já esteja fechada, Octávio — disse Matheus.

— E quem disse que será aqui? Sei disso! Vamos sair. Faço questão de encerrar este fim de semana pagando um lanche para vocês. Será um prazer!

O casal foi pego de surpresa e não teve como negar o convite. Eram cerca de oito horas da noite, e havia somente três pessoas no centro. Eles se despediram e foram com Octávio a uma pizzaria. Terminaram a noite com outros assuntos edificantes e de forma muito positiva. Os laços entre Matheus, Suzana e Octávio estavam cada vez mais fortalecidos.

Capítulo 16

A decisão

Na terça-feira seguinte, Matheus e Suzana estavam no Centro Espírita Obreiros da Nova Era para mais uma noite de palestras e passes. Eles costumavam a chegar sempre meia hora antes do evento para, eventualmente, conversarem com algum conhecido ou ajudarem nas atividades diversas. Nas outras noites da semana, enquanto Suzana trabalhava na livraria, Matheus era voluntário nas atividades administrativas.

Como era de costume, Octávio estava feliz com o breve discurso que iria proferir; o tema que ele havia escolhido era sobre a "Parábola do Bom Samaritano". Diferentemente da maioria das palestras que fazia, naquela em especial, sua inspiração havia ocorrido algum tempo antes, durante um desdobramento do corpo, e não dias antes, como geralmente ocorria.

Após os cumprimentos e das saudações, os presentes oraram e fizeram as vibrações iniciais dos trabalhos. Octávio, com a voz doce e cativante, começou a falar:

— Hoje vou abordar a "Parábola do Bom Samaritano". Vou lhes contar algumas passagens do

Mestre Jesus. Tudo baseado nas sagradas escrituras de Lucas, capítulo 10, versículos 25 a 37.

Com o mais absoluto silêncio, todos, com semblante feliz, olhavam o ilustre palestrante, que prosseguiu lendo suas anotações:

– Certo dia, falava Jesus a todos os que de bom coração alimentavam-se de suas palavras e seus ensinamentos, mas havia entre aqueles, homens ainda impuros e que abrigavam em seu coração sentimentos de inveja e rancor por ainda desconhecerem a verdade. Em um desses momentos, levantou-se certo "doutor da lei" e, a fim de colocar o Mestre em possível situação difícil, perguntou: *Mestre, o que farei para herdar a vida eterna?* E Jesus, conhecedor do que ia ao coração dos homens, respondeu-lhe com outra pergunta: *O que está escrito na Lei?* Imediatamente, o sedicioso interlocutor, conhecedor que era da letra, e apenas da letra, respondeu: *Amarás ao senhor teu Deus de todo o teu coração, de toda a tua alma, de todas as tuas forças e de todo o teu entendimento, e ao teu próximo como a ti mesmo.* Claro que, por desconhecer a Lei de amor ao próximo, o "doutor da lei", ainda insatisfeito, questionou Jesus sobre quem seria o seu próximo, ao que o Mestre lhe respondeu com a seguinte parábola:

> *Um homem descia de Jerusalém a Jericó, e caiu nas mãos de salteadores, os quais o despojaram e espancando-o, se retiraram, deixando-o meio morto. Casualmente, descia pelo mesmo caminho certo sacerdote; e vendo-o, passou de largo. De igual*

modo também um levita chegou àquele lugar, viu-o, e passou de largo. Mas um samaritano, que ia de viagem, chegou perto dele e, vendo-o, encheu-se de compaixão. E, aproximando-se, atou-lhe as feridas, deitando nelas azeite e vinho; e pondo-o sobre a sua cavalgadura, levou-o para uma estalagem e cuidou dele. No dia seguinte, tirou dois denários, deu-os ao hospedeiro e disse-lhe: 'Cuida dele; e tudo o que gastares a mais, eu te pagarei quando voltar.

Octávio fez ligeira pausa, observou a fisionomia de todos e terminou a leitura:

— *Qual, pois, destes três te parece ter sido o próximo daquele que caiu nas mãos dos salteadores?* — perguntou Jesus, recebendo como resposta: *Aquele que usou de misericórdia para com ele.* Orientou-o então Jesus: — *Vai e faze tu o mesmo.*

Em seguida, o palestrante guardou os óculos no bolso frontal da camisa, abriu um pequeno sorriso e prosseguiu:

— Os autodenominados "doutores da lei", representantes dos Fariseus, Levitas, Saduceus e outros, eram os estudiosos da Escrituras Sagradas, o Pentateuco de Moisés. Atribuíam a si qualidades excepcionais, julgando-se zelosos cumpridores da Lei Mosaica e, por conta disso, criam-se no direito de se imporem sobre o direito de outras pessoas. De que nos adianta sermos portadores de títulos religiosos, padres, bispos, pastores, espíritas, se não existir em nós a humildade e o desprendimento? Se conhecermos a teoria, mas desconhecermos a prática? Jesus, sabiamente, usou a figura dos religiosos da época para mostrar que estes pseudo-detentores do conhecimento do Alto, ao passarem e observarem um irmão caído na estrada, em vez de pararem para socorrê-lo, passaram ao longe, talvez lhe endereçando algum pensamento fraterno, ou não, mas sem a preocupação de ajudar o viajante desfalecido. E, em seguida, este mesmo Jesus, Mestre e profundo conhecedor das mazelas humanas, usou a figura do samaritano, membro de uma comunidade étnico-religiosa, dissidentes dos Escribas e Fariseus, vistos por hereges por estes, para exemplificar a conduta máxima do *ama teu próximo como a ti mesmo*.

— "A Parábola do Bom Samaritano" serve para nos mostrar, além da obrigação de nos ajudarmos uns aos outros, também a separação de classes criadas pelo homem ao longo do tempo. Classes religiosas, econômicas, raciais e sociais, dificultando a interação entre estas e a consequente ajuda mútua. Na parábola, aquele que ajuda seu irmão desconhecido não é um "doutor da lei", mas um herege, que faz a caridade sem olhar a quem, sem olhar raça, cor e credo.

Octávio pegou novamente as anotações, colocou os óculos e disse:

— Na questão 886 de **O Livro dos Espíritos**, temos: *Qual o verdadeiro sentido da palavra caridade, como a entendia Jesus?* Recebendo da Espiritualidade o esclarecimento: *Benevolência para com todos, indulgência* *para as imperfeições dos outros, perdão das ofensas. Amar o próximo é fazer-lhe todo o bem que nos seja possível e que desejáramos nos fosse feito. Tal o sentido destas palavras de Jesus: Amai-vos uns aos outros como irmãos.*

Em seguida, vendo que todos estavam interessados, continuou:

— Passaram-se mais de 2000 anos e ainda amamos iguais aos Fariseus, Levitas e Saduceus, como "doutores da lei" que somos hoje e ainda nos perguntamos: Quem é o meu próximo? O próximo é todo aquele que necessita de serviços, palavras, cuidados, dinheiro, proteção, atenção, ouvidos, ombro e amor.

— Nos dias atuais, paralelamente à "Parábola do Bom Samaritano", o viajante ferido é todo irmão necessitado que encontramos pelo caminho, ao passo que o Sacerdote e o Levita, somos nós mesmos, que colocamos toda sorte de obstáculos para ajudarmos. Os samaritanos são os que já venceram os vícios do orgulho e do egoísmo e passaram a ver no outro não um adversário, mas um irmão.

— Caríssimos, nunca os ensinamentos de Jesus se fizeram tão necessários como nos dias atuais, em que vivemos momentos de transição, momentos em que mais do que uma transição planetária, faz-se necessária uma transição moral no seio da alma de cada um de nós. A todo instante e em todos os lugares estamos "dando de cara" com o sofrimento, a dor, a tristeza, a decadência ética e moral, a desesperança.

A hora é agora! Temos de abandonar o "homem velho", recriarmos nossas atitudes, tornarmo-nos seres cósmicos e trabalharmos por um mundo e por pessoas de regeneração. Levantemos da cômoda poltrona da inércia, esvaziemos nosso arquivo morto, repleto de vícios, e exaltemos a humildade, abandonando o orgulho, a fim de que sejamos homens e mulheres de bem. Semeemos o "bom samaritano" que existe em cada um de nós, para que a colheita vindoura nos oferte o fruto amor, lembrando sempre das palavras de Paulo na 1ª Epístola aos Coríntios: *Ainda quando tiver a fé possível, até o ponto de transportar montanhas, se não tiver caridade, nada sou.*

Octávio agradeceu a presença de todos e encerrou a palestra. Logo depois dos habituais passes, o casal Matheus e Suzana esperou o movimento da casa diminuir e, em seguida, trocou algumas palavras com o amigo:

— Mais uma vez suas palavras me fazem refletir muito, Octávio — comentou Suzana.

— Isso é muito bom, minha querida!

— Confesso não estar sabendo se estou agindo corretamente com minha querida Jaqueline, se estou sendo uma "boa samaritana" com ela!

— Lógico que está! Pelo que me conta, tenho certeza disso. Suas crises de depressão diminuíram bastante depois que ela conheceu Martin, e sei que você sempre tem palavras e atitudes para apoiá-la.

— Mas o senhor sabe que estou prestes a me mudar para o apartamento do Matheus. Não sei se isso não conflita com tudo o que ouvi hoje.

Octávio sorriu e fez um comentário antes de continuar falando a respeito de Jaqueline:

— Fiquei sabendo, Matheus! Parabéns! Recentemente, você comprou um imóvel para você e já está morando nele! Creio que quando tomamos uma decisão dessas amadurecemos bastante.

— Assim como meu amigo Martin, também recebi uma promoção na empresa e resolvi dar esse passo, Octávio! E foi Suzana que opinou na decoração do apartamento, pois pretendemos casar em no máximo um ano — falou Matheus, com enorme sorriso.

— Só que pretendemos morar juntos desde já — emendou Suzana. — Contudo, confesso que depois da sua palestra estou me sentindo culpada.

Octávio, com expressão calma e tranquila, olhou-os e respondeu:

— Meus queridos, vocês não podem se culpar. Pretendem morar juntos e depois se casar. Não há nada de mal nisso! Pelo que vocês já me contaram, o Martin vai quase todas as noites visitar Jaqueline e também viaja bastante com ela. Creio que ela vai aceitar bem essa decisão.

— Ela está me dando a maior força! Financeiramente, as coisas pouco irão mudar, pois o apartamento é dos pais dela, e nós apenas dividíamos o condomínio e as contas menores.

— Pois, então, Suzana! Você continuará sendo uma boa samaritana estando presente sempre que possível na vida da sua amiga! Pense nisso!

A agradável conversa prosseguiu por mais alguns minutos, e depois que o jovem casal partiu do abençoado lugar, sentiu-se um pouco mais tranquilo pela decisão que estavam tomando. Iriam morar juntos e começar uma nova etapa de muita felicidade.

Capítulo 17

Diferenças

Naquela mesma semana, Suzana mudou-se para o apartamento de Matheus e começou a viver uma vida de casal com ele. Sua amiga Jaqueline, intimamente, gostou, pois pretendia, aos poucos, convencer Martin a também morar com ela, já que naquele momento estava sozinha. Os dois casais permaneciam em boa sintonia, e a saúde de Jaqueline mostrou grande melhora naquele período.

Na noite de sexta-feira, no apartamento de Jaqueline, o casal conversava acerca do futuro:

— Do mesmo jeito que minha amiga Suzana, agora terei mais privacidade por aqui, meu amor! Isso não é ótimo?

— Com certeza! Às vezes, eles saíam às terças-feiras e iam ao centro, mas nunca sabíamos ao certo a que horas retornariam... Muitas vezes esticavam a saída, e a gente nunca ficava totalmente à vontade.

— Então, Martin! Agora será diferente! Por que você não se muda para cá?

— Não acho certo, Jaqueline. Sabemos como são seus pais! Costumamos ir a cada quinze dias para a cidade deles, porém, pelo menos uma vez por mês sua mãe vem visitá-la! Já pensou se eu estiver instalado aqui de mala e cuia? Vamos com calma!

— O que haveria de errado nisso, Martin? Você sabe que minha família o adora e já o considera um filho!

— Sei disso e agradeço, mas vamos devagar, querida. Fico muito feliz em saber que todos na sua casa gostam de mim. A recíproca é verdadeira! Mas, sabemos que eles têm uma forma de pensar um pouco tradicional, e não ficaria bem eu me instalar por aqui antes mesmo de pensarmos em nos casar. O que posso fazer é de vez em quando passar algumas noites aqui, do mesmo jeito que meu amigo Matheus fez por várias vezes enquanto viajávamos nos fins de semana.

— Ótimo! Então, durma hoje! Já está convidado — falou Jaqueline com um olhar sedutor!

— Vou aceitar o convite, pois hoje seria a sua primeira noite morando sozinha por aqui. Sei que você mesma achou bem legal sua amiga passar a ter uma vida com mais privacidade com Matheus, pois no fundo gostaria disso também! Então, serei seu hóspede! — disse Martin, com um sorriso.

Desde o início do namoro, Martin, por saber da vida de Jaqueline e de todos os problemas de saúde que ela enfrentara, tratava-a com muito cuidado! Soube da decisão de Suzana em morar fora dali pelo próprio casal de amigos, antes mesmo da namorada. Isso lhe possibilitou conduzir as conversas para que ela lidasse naturalmente com a situação.

As semanas foram passando, e Martin dormia no apartamento de Jaqueline de duas a três vezes por semana. A cada quinze dias, viajavam para o interior. O casal permanecia muito bem, e a moça de fato não sentia a ausência da amiga. Por trabalharem na mesma empresa, continuaram a almoçar juntas todos os dias, tais quais amigas inseparáveis e confidentes.

— Estou muito feliz com Martin, minha amiga. Ontem completamos sete meses de namoro.

— Pois é, Jaqueline. Nossa contagem também é essa — respondeu Suzana sorrindo! — E então? Saíram para comemorar?

Jaqueline ficou levemente enrubescida e respondeu:

— Não! Ele dormiu em casa!

— Lógico! Nós também curtimos a noite no apartamento! Tanto eu quanto você temos nossos cantos, não é mesmo, amiga?

— Exatamente, Suzana. Como você mesma sabe, costumamos viajar muito e gastamos um bocado. Então, quando dá para economizar ficamos em casa!

— Fico contente por você, minha amiga. Vou lhe ser sincera: mudei de lá há quase um mês com aperto no coração. Confesso que tive receio em deixá-la sozinha. Mas graças a Deus tudo está bem.

— Com certeza! Estou ótima! Desde que comecei a me envolver com Martin, melhorei demais.

Ele está sempre comigo. Posso dizer que estou muito feliz, Suzana.

Os dois amigos, que também trabalhavam na mesma empresa, conversavam no horário de almoço:

— Diga à Jaqueline que sexta-feira faremos um jantar para vocês no nosso apartamento! Vocês têm de aceitar o convite. Não venham com desculpas, pois sabemos que vocês não vão viajar nem vão receber hóspedes.

— Por mim tudo bem. Lógico! Comemoraremos os sete meses de namoro dos dois casais.

— Pois, então, Martin! Quem diria, hein? Nós dois em uma vida completamente diferente da que tínhamos há menos de um ano! Agora, totalmente envolvidos com nossas namoradas.

— É verdade. Mudamos radicalmente nossa vida!

— Para melhor, não é mesmo?

— Sim, claro — falou Martin, não muito convicto, e emendou: — Mas sabe que, às vezes, me sinto um pouco sufocado, apesar de jurar para você que gosto demais de Jaqueline?

— Ora, meu amigo, pense que antes você reclamava por se sentir uma pessoa carente. Lembro que você me contava que todas as mulheres se aproximavam de você apenas por sua aparência física e você também fazia isso, somente pensando nos prazeres momentâneos. Agora que está bem com Jaqueline vem com essa conversa?! Reflita bem sobre o que está me falando.

— Sinto-me assim porque tenho medo de machucá-la. Você não tem ideia de tudo que faço para que ela fique sempre de ótimo astral e esqueça que sofre de depressão. Por esse motivo, essa minha apreensão e esse receio de contrariá-la.

— Acho que entendo aonde você quer chegar, Martin! Você faz tudo o que ela quer, não é isso? Se ela decide que quer ir viajar, você aceita; se decide que quer jantar fora, também.

— Quase isso! Por vezes, me privo em relação a ela, pois quero vê-la feliz!

— Não quero dar uma de psicólogo, mas acho que você tem de achar um meio-termo em relação aos seus desejos e aos dela. Não é certo se privar das coisas como está fazendo. Creio que ela também precisa saber lidar com algumas pequenas frustrações na vida para se fortalecer, não acha?

— Já pensei muito nisso, mas como sei que ela está bem, estou suportando. Esqueça, meu amigo. Foi apenas um desabafo!

— Imagine, Martin. Amigo é para essas coisas. Pense que por outro lado você está crescendo interiormente e fazendo algo de bom para sua alma! Diríamos que, enfrentando essas pequenas privações, você está somando pontos, se pensarmos na vida maior.

— Acho que nem tanto. Por gostar dela, deixo sempre sua vontade prevalecer.

— Então, foi por esse motivo que você deixou de ir ao centro?

— Pois é, Matheus. Todas as terças-feiras, ela me chamava para ficar com ela e aproveitar que Suzana não estava em casa, e eu não tinha como negar. Confesso que houve vezes que gostaria de ter ido com vocês, e cerca de duas vezes até comentei com ela, que acabou ficando com a cara fechada. Daí, esqueci completamente o assunto.

— É, Martin! Você é meu amigo e posso lhe falar. Acho que você não está sabendo conduzir seu namoro de forma saudável. Acho que está mimando demais a Jaqueline. Não sei até que ponto isso é legal. Tente, de forma sutil, lhe mostrar que é interessante que você vá ao centro espírita, mesmo que sozinho.

— Está vendo porque eu disse que me sinto sufocado? São essas coisas e outras similares! Mas, vou tentar seguir seu conselho e mostrar-lhe que minhas vontades também devem ser respeitadas.

— É para o seu bem, Martin. E também para o bem dela. Somente jogue uma pequena semente, por exemplo, dizendo que dia tal você vai ao centro, pois deseja conversar com Octávio, assistir a uma palestra e tomar um passe. Quando chegar o dia você vai! Simples assim! Imagino que se ela fizer cara de poucos amigos, depois quando você voltar tudo estará bem. Acredite.

Martin meditou no que Matheus acabara de falar e intimamente concordou com suas palavras. Foi convencido pelo amigo de que com um simples compromisso desse tipo poderia vencer o gênio possessivo e enciumado da namorada, sem machucá-la. Ambos acharam que não haveria problemas em querer assistir a uma palestra de Octávio e tomar um passe. Estavam enganados...

Capítulo 18

Uma luz

Na sexta-feira seguinte, os dois casais estavam juntos novamente. Aquela havia sido a primeira ocasião em que os quatro reuniam-se no apartamento de Matheus para um jantar. Tal qual no início do namoro, conversaram bastante, e tanto as duas moças quanto os dois rapazes travavam assuntos paralelos, em ótimo ambiente. De repente, Matheus, para tentar ajudar o amigo, disse:

— Veja como são as coisas, Martin! Você que me levou ao Centro Espírita Obreiros da Nova Era e hoje somos eu e a Suzana que o estamos frequentando ativamente. Faz muito tempo que você não aparece por lá. O Octávio sempre pergunta de você. Veja se consegue ir um dia desses. Ficaremos muito felizes.

— Com certeza, Matheus. Em breve voltarei. As palestras de Octávio são maravilhosas, e estou com saudades. Lá existe uma energia toda especial.

Suzana percebeu o semblante de Jaqueline um pouco sério e emendou:

— Sei que você não vai se importar por levarmos Martin conosco, não é mesmo, amiga? — questionou Suzana, com um sorriso. — Acredite, ele ficará em boas mãos. Sei que você tem suas crenças, mas quero dizer que as portas estão sempre abertas.

Jaqueline deu um sorriso tímido para todos e respondeu:

— Agradeço, mas acho que não vou. O Martin pode ficar à vontade para ir com vocês!

Rapidamente, Martin tentou mudar de assunto, pois percebeu o semblante diferente da namorada. Conversaram sobre outras coisas, comeram a sobremesa, tomaram o café e trocaram outras ideias. Ficaram menos tempo que o habitual, pois Jaqueline alegou estar com dor de cabeça e quis ir embora.

Despediram-se. Martin e Jaqueline deixaram o apartamento e dirigiram-se ao veículo que estava no estacionamento, quase em frente ao prédio dos amigos. Estava frio e os dois aceleraram o passo. Ao entrarem no automóvel, Martin percebeu que a jovem, que costumava ser meiga e falante, estava completamente muda e carrancuda. Como a ideia era que ele dormisse no apartamento dela, ele disse:

— Meu amor, ainda bem que deixei algumas roupas limpas na sua casa.

— Estou um pouco indisposta, acho melhor você não dormir lá.

— O que houve, meu bem? Você estava ótima durante o jantar. Será que algo não lhe caiu bem?

— Você me perguntou "o que houve"? Será que você não percebe o que aconteceu?

— Não. O quê?

— Você tem a petulância de falar que tem saudades das palestras de Octávio, e que o lugar possui uma energia especial? Não precisava falar desse jeito. Você fica enaltecendo aquele lugar para quê?

— São meus sentimentos, Jaqueline. Como posso esconder isso dos nossos melhores amigos? Você mesma sabe que eu gostava de ir lá e deixei de ir para ficar com você nas ocasiões em que eles estavam lá.

— Preferia então estar lá, em vez de estar comigo?

— Não é isso que estou falando, meu amor! É claro que todas as vezes que estivemos juntos nessas noites foi maravilhoso.

— Pare de falar assim meloso! Não tem nada de meu amor! Você demonstrou na sua fala que preferia estar lá. Disse sentir saudades.

— Calma, Jaqueline. Não me entenda errado. Desculpe se me expressei mal, mas não é nada disso que você entendeu. Você é amiga da Suzana e pode conversar com ela a respeito.

— É minha amiga para todos os assuntos, mas tudo que se refere ao centro não converso com ela. Por sinal, eles também não deveriam ter instigado um assunto desses.

– Imagine! Nunca pensariam em lhe desagradar. Ficaram preocupados por você ter alegado dor de cabeça!

Jaqueline ficou muda e com a cara fechada. Martin continuou a conduzir o veículo e, ao chegar diante do apartamento de Jaqueline, encostou em uma vaga que havia na calçada. Perguntou timidamente:

– Não é para eu ficar, então? Desculpe-me, Jaqueline. Eu disse aquilo, porém não preciso ir ao centro. Gosto das palestras, mas estou bem. Além disso, trabalho com Martin, que me vê todos os dias, e depois ele pode me contar o que aconteceu lá. Jamais imaginei que essa conversa fosse lhe fazer mal.

Martin observou Jaqueline ainda muda que consentiu que ele entrasse no prédio e subisse para, pelo menos, se despedir dela no apartamento. Ele ainda tentou convencê-la, mas a namorada continuou com o semblante fechado e praticamente não respondeu.

Enquanto o jovem casal entrava no apartamento e prosseguia o diálogo tenso, um grupo de obsessores, invisíveis aos olhos deles, chegava perto da moça e assoprava em seus ouvidos palavras desencorajadoras, estimulando para que qualquer fala do namorado caísse feito lâmina em seus ouvidos. O trabalho dos homens das trevas teve início no automóvel de Martin.

O jovem moço tentou prosseguir o diálogo com Jaqueline, porém percebeu que estava sendo tripudiado por respostas ríspidas e cada vez mais sem sentido. Por ele ser do tipo bonachão, tranquilo e difícil de se irritar, permaneceu paciente e extremamente calmo, procurando colocar "panos quentes". Em determinado momento, ao perceber que entre uma troca de diálogos, Jaqueline novamente ficou sem fala, rapidamente se lembrou da época em que frequentava o Centro Espírita Obreiros da Nova Era e rogou a Deus, silenciosamente, para que a amparasse e a fizesse compreender que ele não estava errado.

Imediatamente, um grupo de entidades de muita luz, provenientes de elevadas moradas espirituais, entrou naquele ambiente levando consigo grande aura dourada. O grupo ali presente não percebeu a presença dos seres mais elevados, porém, decidiu abandonar o local por notar uma energia que os incomodava e perceber que o rapaz elevara seus pensamentos e não entraria em discussão com a jovem. O que eles desejavam era presenciar uma discussão acirrada.

Em poucos minutos, o grupo de luz amparou carinhosamente Jaqueline que, pouco a pouco, mudou o semblante. Seu namorado falava pouco, porém repetia algumas coisas já ditas. Tentou novamente pedir desculpas por alguma coisa que, eventualmente, pudesse ter feito.

– Acho que tenho de lhe pedir desculpas, Martin. Não sei! Exaltei-me demais!

– Não se preocupe, meu amor! Só quero vê-la bem! Não pretendo fazer nada que a desagrade.

– Vou lhe confessar que me senti muito enciumada com essa história de centro espírita. Mas, não sei lhe explicar por que perdi o controle.

– Tente se acalmar agora! Eu a entendo, meu amor. Vamos esquecer o assunto, tudo bem?

– Mas a história da dor de cabeça não é mentira.

– Quer que eu lhe traga um remédio?

– Acho que preciso me deitar, Martin! Desculpe. Você fica aqui comigo hoje?

– Lógico, meu amor! Já havíamos combinado anteriormente!

– Perdi o controle e falei bobagens! Reconheço.

Os dois começaram a trocar beijos apaixonados e ficaram namorando. E o fim de semana, que estava apenas começando, prometia novas surpresas.

Capítulo 19

Nova crise

Jaqueline e Martin acordaram no sábado como se estivessem nas nuvens. Depois do percalço da noite anterior, estavam renovados. Enquanto tomavam café na aconchegante cozinha do apartamento da moça, ela tocou no assunto:

— Quanta bobagem eu disse ontem, Martin! Quero ficar sempre com você ao meu lado. Daqui a pouco vou ligar para Suzana e me desculpar.

— Desculpar-se por que, Jaqueline? Você não disse nada para eles. Inclusive consentiu que eu fosse com eles ao centro.

— Sim, mas fiquei com cara amarrada, e eles perceberam. Já foi dito a mim na terapia sobre esse meu gênio obsessivo. Como quero você sempre ao meu lado, intimamente não queria que fosse ao centro e me deixasse sozinha.

— Faz sentido. E como não quer ir conosco, deu no que deu, não é mesmo?

— Pois, é, meu amor! Agora de cabeça fria consigo raciocinar a besteira que fiz.

— Já estamos juntos há sete meses e acho que agora posso falar abertamente sobre isso. Por que não vai ao centro comigo? Qual é o problema? Não conte nada à sua família. O que tem de mal ouvir uma breve palestra e tomar um passe?

— Já pensei nisso, Martin. Pouco depois que nos conhecemos, Suzana me contou a respeito do que o palestrante falou baseado no Evangelho, e eu achei muito legal, pois já conhecia sobre o que ele estava falando. Mas depois, começamos a nos envolver mais e você começou a vir aqui às terças-feiras e nunca mais falei com ela sobre o assunto. — Jaqueline fez uma pequena pausa, depois continuou: — Lembro ainda que depois de alguns meses, ela começou a trabalhar lá na livraria como voluntária em outros dias da semana, e você começou a vir mais frequentemente aqui para aproveitar a privacidade. Como um recém-casal de namorados apaixonados não pensávamos em mais nada para fazer à noite. Só queríamos ficar juntos e sozinhos.

— Pois, então, Jaqueline, se você mesma fica pensando nisso, por que não escolhemos uma terça-feira qualquer para irmos lá? Você vai gostar.

— Prometo pensar, meu querido. Mas se um dia eu decidir ir, é melhor não falarmos nada para meus familiares.

— Perfeito. Acho que tudo tem o momento certo.

Naquele mesmo dia, depois que Martin foi para sua casa, Jaqueline pegou o telefone e conversou sobre o ocorrido na noite anterior pedindo as devidas desculpas pelo mau humor. Contou ainda que havia conversado com o namorado sobre a possibilidade de um dia irem os quatro ao centro. Suzana ficou radiante!

— Eu não poderia ter ouvido notícia melhor, Jaqueline. Depois daquela nossa conversa que você me surpreendeu por saber de cor a passagem do Evangelho, os nossos assuntos passaram a ser somente sobre os rapazes!

— Também pudera, né, amiga? Melhorei muito nesse período, e por não precisar de ajuda acabei nem me interessando mais. Mas, lembro que há pouco mais de um mês vocês nos convidaram para a "Festa da Alegria", não foi?

— Sim, é verdade! Veja um dia que desejar ir e marcamos. Será muito bem-vinda!

As duas continuaram a conversar e, por fim, combinaram que na segunda-feira se falariam na empresa. Desejavam ficar a sós com os namorados no fim de semana.

* * *

Naquele dia, Jaqueline dormira sozinha no apartamento, pois Martin já havia se comprometido em levar seu pai para fazer alguns exames laboratoriais logo na manhã seguinte. A jovem moça acordou muito mal e não queria sair da cama, pois estava novamente em uma crise de depressão. Felizmente, quando passava das onze horas da manhã, Suzana ligou para perguntar algo sobre uma receita culinária e percebeu muita demora no atendimento ao telefone, em seguida, uma voz irreconhecível do outro lado da linha disse:

– Alô!

– Jaqueline! É você? O que houve? Sua voz está péssima!

– Mmmm, alô. *Deixa eu*, Suzana.

– O que houve, amiga? Você não está bem!

Suzana começou a ouvir Jaqueline chorar e sem conseguir concatenar nenhuma palavra. Seu coração disparou e desesperadamente ela tentou arrancar alguma palavra da amiga. Matheus, ao ver o semblante de preocupação da namorada, rapidamente pegou a extensão do telefone para tentar descobrir o que estava acontecendo.

Depois de muito chorar e não conseguir pronunciar nada direito, Jaqueline conseguiu falar:

– O Martin não me merece! Vou perdê-lo!

– Calma, minha amiga! Pare de chorar! Porque está assim?

Jaqueline continuou a chorar e a soluçar, repetindo a mesma frase. Matheus, caminhando com o telefone sem fio na mão, fez um rápido sinal para Suzana dizendo que os dois deveriam rapidamente ir até o apartamento dela.

Suzana desligou o telefone fixo dizendo estar ouvindo ruídos e ligou novamente do celular. Jaqueline atendeu aos prantos, e a amiga tentou acalmá-la.

— Agora a estou ouvindo melhor! Você não pode ficar assim.

Por vezes, ela respondia com monossílabos, outras chorava. Nesse ínterim, o casal arrumou-se rapidamente e seguiu em direção ao apartamento dela. Suzana não desligou o telefone e tentou conversar com a amiga até chegarem lá.

Chegaram em menos de vinte minutos. Naquela época, Jaqueline ainda não havia trocado o segredo da fechadura, o que facilitou a entrada deles, que foram até o quarto da moça e a encontraram jogada na cama, ainda de pijama e com uma aparência muito ruim. Ela nem se mostrou surpresa com a presença deles.

Do mesmo modo que a outra vez, Matheus começou a orar silenciosamente. Naquele momento, especificamente, não havia entidades de baixa frequência perturbando Jaqueline. Ela estava, de fato, tendo uma crise desencadeada por problemas físicos, porém as preces do amigo tinham sido providenciais para fechar algum eventual canal por onde entidades sinistras pudessem ser atraídas, dado o estado de Jaqueline. Diríamos que seu estado de saúde poderia ser um canal aberto para isso. Dois dias antes, a jovem tinha sido influenciada por criaturas de baixa frequência, porém naquele momento a situação era outra.

Enquanto as preces eram feitas, Suzana, lentamente, conversava com a amiga:

– Pensei que ontem você estivesse bem, não é mesmo, Jaqueline?

– Sim!

– Pois, então! Falou até do centro e nos deixou tão felizes! Inclusive, combinamos que neste fim de semana ficaríamos com nossos namorados! Não foi?

– Sim.

– O Martin não ficou com você ontem?

– Sim, ficou até bem tarde. Depois foi embora!

– Eu sei, minha amiga. Ele tinha compromisso com o pai dele.

– Sim.

O jovem casal permaneceu longo tempo ao lado de Jaqueline, até ela melhorar. Passadas duas horas, Martin chegou, após se desvencilhar do compromisso e ficou surpreso com a presença do casal amigo.

Rapidamente, inteirou-se do ocorrido, solidarizando-se bastante.

Perto da uma hora da tarde, os quatro jovens saíram a fim de providenciar o almoço; os amigos também tentavam levantar o astral da bela Jaqueline. Ela ainda estava diferente do seu estado normal e muito apática. Nem mesmo o alto-astral e a presença dos queridos amigos faziam-na melhorar.

Ao final da refeição, ela, com lágrimas nos olhos, agradeceu por tudo que os amigos haviam feito, admitindo que cometera um equívoco e pedindo para não ser repreendida pela revelação: disse que se sentia tão bem desde que conhecera Martin que se achava curada. Por esse motivo, por conta própria, resolveu não comprar mais os remédios que tomava diariamente, que haviam acabado há duas semanas. Fora um grave erro.

Capítulo 20

Reforma íntima

Os dois casais ficaram juntos, e naquele mesmo dia providenciaram a compra dos remédios os quais Jaqueline fazia uso diário. Por consenso, ela jamais deveria ter tomado aquela decisão por conta própria; assim, iriam reparar o seu erro.

Martin decidiu passar alguns dias no apartamento da namorada até que ela melhorasse, com a retomada do tratamento. Na segunda-feira, a vida dos jovens começou a voltar novamente à normalidade. Jaqueline foi ao trabalho, mesmo não estando ainda em plenas condições, porém era melhor do que ficar em casa, "entregue" e sem atividades.

Na noite de segunda-feira, os jovens Matheus e Suzana estiveram no Centro Obreiros da Nova Era para as atividades de voluntariado e lá encontraram Octávio, comentando com ele o ocorrido no fim de semana. O simpático senhor disse-lhes que faria muitas vibrações para que Jaqueline superasse aquele momento difícil.

E, naquela mesma noite, Octávio, antes de adormecer, fez uma prece pedindo para que fosse intuído pela Espiritualidade Maior a fim de amparar a moça, se assim fosse permitido.

Exatamente igual às outras vezes, após sair do seu corpo físico, ele notou que estava ao lado da conhecida senhora Lourdes. A carismática criatura tinha fisionomia contagiante e irradiava alegria:

— Boa noite, Octávio! Estou aqui para ajudá-lo. Sua prece foi sentida por nobres colaboradores da Espiritualidade Maior, e fui designada para estar aqui com você. Mesmo que de forma intuitiva, tudo o que você se lembrar do nosso encontro servirá para que ajude minha querida neta Jaqueline.

— Não tinha conhecimento dos seus laços com Jaqueline. Que bênção!

— Quando é possível mantenho-me presente para ampará-la, porém, como nosso corpo astral ainda é imperceptível para os irmãos encarnados, e você tem contatos efetivos com pessoas do convívio dela, será agora meu mensageiro!

— Que honra! Estou sempre pronto para ajudar.

— Os meses vindouros para minha neta serão de muitas provações e percalços! O que aconteceu agora é o início de uma fase muito conturbada, e você deverá ajudá-la, com o casal de amigos, e tentar trazê-la para o centro!

— Acredite que me esforçarei para isso, senhora.

— Agradeço pela compreensão e lhe peço que feche os olhos e eleve seus pensamentos ao Alto. Vou levá-lo até os Amigos Espirituais com os quais esteve da outra vez.

De repente, surgiu à frente deles o já conhecido e formoso prédio de estilo medieval e estilo europeu. Ambos entraram e se dirigiram ao auditório, que já estava praticamente lotado para a palestra direcionada às criaturas nas mesmas condições de Octávio: desdobradas do corpo durante o sono físico.

Um senhor de meia-idade apresentou-se e começou a discorrer sobre a obsessão e a perturbação que aflige grande parte dos encarnados. Sua intenção era intuir tanto criaturas que nem Octávio, que iria proferir uma breve palestra no centro, quanto aconselhar outros participantes a multiplicarem os conhecimentos adquiridos e repassá-los para pessoas encarnadas.

Após mais uma edificante viagem astral, o ilustre palestrante foi levado de volta ao corpo.

* * *

Na terça-feira, Octávio proferiu uma palestra no Centro Espírita Obreiros da Nova Era. Suzana e Matheus estavam ali presentes e desde o início elevaram os pensamentos e vibraram para que a amiga Jaqueline, que naquele momento estava amparada por Martin, se restabelecesse.

– Caríssimos irmãos, que a paz do Mestre Jesus nos envolva em mais esta noite em que nos reunimos em Seu Augusto Nome. Nesta oportunidade, falaremos sobre um tema recorrente em nossa vida: as perturbações e obsessões.

–Vivemos cada dia com recursos próprios: família, amigos, saúde, doenças adquiridas como ferramentas pedagógicas, trabalho, dinheiro, agasalho, alimento, teto. Nós podemos pensar, sentir, falar, ver, ouvir, sorrir e amar. Cada um desses recursos nos é dado pela Bondade Divina, a fim de cumprirmos nossas tarefas reencarnatórias. Ora damos valor, ora não! Ora agradecemos, ora não! Mas, sempre surge um instante em nossa vida em que nos perguntamos: "Como estou quanto aos meus desajustamentos espirituais"? E quase sempre a resposta é: "Desajustado ou Perturbado"! E por que isso acontece? Qual o motivo desses desajustamentos espirituais infiltrarem-se em nosso íntimo? Irmãos, nossa vida está sempre ameaçada por desafios externos: doenças, perda de entes queridos, desarmonia no lar, desemprego, vícios lícitos e ilícitos, desequilíbrios emocionais e muito mais. E o que são esses momentos infelizes? Ocasiões para desespero, raiva, indignação, destempero, violência? Não, são oportunidades! Oportunidades para resistência, equilíbrio, aprendizado, autoconhecimento, burilamento de nosso espírito. São momentos de provas em que devemos aprender a resistir as intempéries que a vida nos apresenta a fim de nos fortalecermos para as dificuldades vindouras; manter o equilíbrio de nossas atitudes com vistas à solução ponderada de nossos problemas; adquirir o aprendizado em cada momento infeliz da nossa caminhada, pois uma prova vivenciada sem que tiremos dela o aprendizado que cada uma traz em seu bojo será oportunidade de crescimento espiritual perdida; ter autoconhecimento para identificar nossos limites, fracassos e valores para podermos caminhar por estradas mais seguras; e, finalmente, buscar a purificação de nosso espírito, pois somente a cada um cabe a tarefa do aperfeiçoamento interior.

— Criados por Deus que fomos, vivemos sob a regência de uma Lei Divina de evolução que não quer que soframos, mas sim que evoluamos, cabendo a cada um a decisão de ser pela dor ou pela consciência.

— Mas amigos, se nesses momentos de infortúnio nos esquecemos da paciência, do entendimento, da serenidade, da confiança, da educação e da oração, é hora de parar e refletir: Quais são as retificações necessárias em mim? O que preciso mudar para enfrentar os dissabores que se fazem presentes em minha vida? Contudo, em vez disso, pensamos imediatamente que estamos sendo "obsidiados", vítimas de entidades vampirizadoras!

— Lembremos, caros irmãos, que a obsessão é o domínio que alguns espíritos adquirem sobre outros, provocando-lhes desequilíbrios psíquicos, emocionais e físicos, podendo ocorrer de diversas maneiras: de desencarnado para encarnado, de desencarnado para desencarnado, de encarnado para encarnado e de encarnado para desencarnado. Somos obsidiados porque abrimos as portas espirituais para essas obsessões com as nossas atitudes de orgulho, egoísmo, raiva, inveja, julgamentos excessivos, vícios materiais e morais e de avareza de recursos e de boas atitudes. Mas, na maioria das vezes, somos obsidiados por nós mesmos, pelo processo da auto-obsessão, em que o indivíduo desenvolve uma condição mental doentia, atormentando-se a si próprio. Isso tem origem em traumas, remorsos e culpas não resolvidos adequadamente. A pessoa, então, acaba por entrar em sintonia com ambiente espiritual de igual teor, agrava o próprio quadro, acabando por fazer parte de uma trama obsessiva. Não nos enganemos! Se estamos aqui, em um mundo de provas e expiações, é porque falhamos e muito em nossas existências passadas. O ódio, a vingança, o desespero, a criminalidade e as traições fizeram parte de nós por muito tempo e talvez ainda façam. Daí a necessidade das existências regenerativas e amargas, em que nos colocamos na condição do aluno que não estudou e, portanto, sujeito às novas provas que são propostas visando ao aprendizado, e, se mesmo assim não forem bem aproveitadas, nós, na qualidade de alunos, seremos convocados para refazer os estudos.

— Companheiros de jornada espiritual, nossa vida assemelha-se a um barco que, se estiver sem comando, ficará à deriva. Quem está no comando? Nós. Quem fica no leme? Nós, que podemos navegá-lo de encontro ao mar agitado das angústias, das revoltas, do orgulho e do egoísmo, ou por meio de águas calmas e tranquilas, meditação, prece, caridade, amor e perdão.

—Finalmente, perguntamo-nos: O que devemos fazer para navegar por mares mais tranquilos? Ter autocontrole para sempre manter a confiança em nós e a fé no Alto, nos momentos em que as provas nos forem propostas por nossos Instrutores Espirituais. Ter autoimunização mental, a fim de que não entremos na frequência de irmãos perturbados, sejam eles encarnados ou desencarnados. Sentir amor ao próximo, lembrando aqui as palavras do filósofo suíço Rousseau: *Sejamos bons primeiro, depois seremos felizes; não pretendamos o salário antes do trabalho, nem o prêmio antes da vitória*; fazer a reforma íntima, iniciando por nos perguntarmos por que frequentamos o Centro Espírita, a Igreja Católica, o Templo Evangélico ou qualquer outra denominação religiosa. Vamos em busca de uma vida mais equilibrada para superar nossos vícios morais, refletirmos sobre nossa responsabilidade perante a vida ou apenas querendo que Deus resolva tudo para nós? Diz um velho adágio popular: "Procurei minha alma e não pude encontrá-la; procurei Deus e o Senhor se afastou de mim; procurei o próximo e encontrei os três".

—E para encerrarmos a exposição de hoje, proponho a leitura e meditação de um artigo ditado pelo Espírito Irmão José, por meio da psicografia de Carlos A. Baccelli.

Octávio pegou suas anotações, colocou os óculos e leu para os presentes:

> *– É em teus sentimentos inferiores que os espíritos encontram brechas para induzir-te a processos de natureza obsessiva; a quem não ofereça campo mental, os adversários desencarnados não conseguem molestar; mágoa e ressentimento são pontos de ligação com as trevas; fecha a porta de teu espírito à influência perniciosa dos espíritos com a chave de luz do perdão; que o ódio não te deixe à mercê da vontade das entidades infelizes que saberão utilizá-lo contra ti mesmo; a maioria dos casos de obsessão somente é equacionada a contento quando, pelo menos, uma das partes envolvidas toma a decisão de perdoar.*

Após a leitura, o palestrante agradeceu:

– Muita paz a todos.

Logo depois do encerramento e dos habituais passes, Suzana e Matheus foram procurados pelo ilustre palestrante para uma conversa:

– Como vão, meus queridos? Estão bem?

– Estamos, sim, Octávio. Obrigada – respondeu Suzana.

– E nossa amiga Jaqueline?

– Voltou a tomar os medicamentos no domingo à tarde. Vamos aguardar com paciência que ela melhore.

– Seria interessante vocês a trazerem para cá, pelo menos uma única vez. Afinal, ainda não a conheço.

– Eu sei, Octávio. Martin comentou conosco que recentemente ela tinha se mostrado mais receptiva a esse assunto, mas aí aconteceu a crise no domingo agora, e temos de esperar novamente.

– Procurem lhe mostrar o nosso site, nosso trabalho e as palestras gravadas ali.

– Boa ideia! Só que mesmo para isso terei de esperar por um momento oportuno. No trabalho, mal navegamos pela internet, e a partir de amanhã a mãe dela vai passar uma temporada aqui em São Paulo no apartamento, pois soube do ocorrido e quis vir para cá. Já lhe digo que com ela por perto isso também será difícil.

– Compreendo, Suzana. Mas tudo tem o momento certo! Eu só lhes peço que procurem trazê-la para cá, ao menos uma única vez. Se isso acontecer, será bom para ela.

Octávio e Suzana continuaram o diálogo. Ficaram juntos cerca de quinze minutos em agradável conversa. Depois, cada um rumou para sua casa. Enquanto o ilustre palestrante passava o recado para que Jaqueline se aproximasse do centro, Matheus pressentia que Martin teria dias difíceis pela frente com a iminente chegada de Wilma. Além de não poder pernoitar no apartamento de Jaqueline, teria de se acostumar com a presença da sogra.

Capítulo 21

Sonhando

Naquela mesma noite, ao chegar a casa, Suzana, ao se deitar, meditou acerca da palestra de Octávio e entendeu ainda mais o drama da amiga Jaqueline. Refletiu profundamente a respeito de seu estado de saúde, que se não fosse devidamente cuidado poderia levá-la a uma perigosa espiral, abrindo as portas para que criaturas obsessoras se aproximassem. Chegou ainda a conversar um pouco com Matheus sobre o que pensava e depois, juntos, fizeram uma prece direcionada à querida amiga.

Durante o sono, o casal desdobrou-se. Enquanto dormiam profundamente, os espíritos de ambos, já desprendidos do corpo físico, encontravam com uma simpática senhora de nome Lourdes que já os aguardava. Com voz doce e suave, ela disse:

— É com muita alegria que estou aqui. Fui atraída pelos bons pensamentos de vocês na sincera prece que fizeram há pouco. Tenho um laço afetivo de outras vidas com Jaqueline e a ajudo sempre que possível. É uma dádiva poder me aproximar dos amigos dela.

– Prazer, senhora! Meu nome é Matheus e esta é minha namorada, Suzana!

– O prazer é todo meu! Obrigada pela atenção. Vou convidá-los para uma pequena excursão até um local não muito distante daqui para conversarmos mais à vontade. Pode ser?

O casal consentiu com um gesto afirmativo de cabeça e, em seguida, a simpática senhora pediu a eles que fechassem os olhos e se imaginassem em um jardim florido e cercado de verde. Assim, foram rapidamente conduzidos até um local, tal qual haviam idealizado: o local era repleto de flores, cercado por bonitas montanhas e lagos e por um gramado deslumbrante. Lourdes explicou:

– Vocês estão tendo um lindo sonho, mas o que importa é que preservarão a lembrança das coisas importantes.

– Que lindo lugar, Dona Lourdes! Tenho lembrança de já ter estado aqui – afirmou Suzana.

– Sim! Vocês já estiveram. É importante lhes esclarecer que sonhos recorrentes são comuns com nossos irmãos que habitam o corpo físico. Não seria diferente com vocês.

– Interessante, Dona Lourdes. E por que Jaqueline não está conosco?

– Infelizmente, ela está vibrando em frequência diferente da nossa. Seus pensamentos equivocados e perturbados não permitem que nos aproximemos dela. Mas, tenham certeza de que sempre que possível estarei presente! Por esse motivo estamos juntos. Quero aconselhá-los.

Os dois atentamente olharam a simpática senhora, que prosseguiu:

— Tentem influenciá-la para que, aos poucos, ela comece a frequentar o centro espírita onde vocês trabalham. Estou aqui para incutir na cabeça de vocês esse desejo de vê-la naquela maravilhosa casa. Nossos Líderes Espirituais sabem que é preciso que isso aconteça para que a jornada terrena da nossa irmã não seja desperdiçada e termine de forma não convencional.

— Estou surpreso! — disse Matheus. — Faremos o que for possível, senhora.

— Quero frisar que o que está acontecendo com ela é muito comum com várias pessoas que vivem no planeta azul. Há, realmente, em muitos desses casos, um desequilíbrio químico das substâncias cerebrais que ocasionam a anomalia. Contudo, isso é uma porta aberta para que a Espiritualidade Inferior se aproxime e alimente ainda mais, e de forma negativa, a pessoa enferma. Além da defesa física com a ajuda de medicamentos, é importante a defesa espiritual ligando-a a alguma crença ou se aproximando de causas maiores.

Lourdes fez uma ligeira pausa, depois prosseguiu:

— Estou sempre presente ao lado de minha neta, mas quero a ajuda de vocês, que são muito ligados a ela. Recentemente, estive com o palestrante da casa onde vocês frequentam e fiz o mesmo durante seu sono físico. E ontem estive fazendo o mesmo trabalho com Wilma, minha filha, para que ela fique alguns dias em São Paulo com minha neta.

O casal observava com brilho nos olhos a simpática senhora, que continuou:

— Perceberam como a Espiritualidade de Luz está sempre presente no dia a dia dos seres encarnados? Estamos sempre nos bastidores, quer participando dos sonhos nos naturais desdobramentos do corpo físico adormecido, quer lado a lado, de forma invisível. Pudera o homem ter o conhecimento de tudo o que estou falando!

Suzana e Matheus ouviam atentamente a fala de Lourdes e não lembrariam conscientemente de tudo o que lhes estava sendo dito, porém, inconscientemente as informações ficariam registradas e seriam rememoradas em forma de intuições futuras.

Quem de nós nunca teve algum lampejo ou rápido pensamento de tomar uma decisão, fazer alguma coisa ou deixar de fazer outra? Conforme explicou Lourdes para os jovens, o trabalho do mundo invisível a nós é soberbo e os maestros invisíveis sempre estão presentes.

Depois que o casal ouviu as proveitosas palavras de Lourdes, excursionaram pelo local onde apreciaram a obra divina. Por fim, a simpática senhora explicou que estavam em um lugar muito próximo ao planeta azul, conhecido por pequena morada de luz, que abrigava seres desencarnados que possuíam razoável nível de discernimento das coisas e auxiliavam os irmãos encarnados com trabalhos similares ao que ela fazia.

Em seguida, eles foram levados de volta ao quarto onde dormiam. Permaneceram flutuando alguns palmos acima da cama, já em estado semi-hipnótico, e assim ficaram até o momento de despertar. Ainda era madrugada, e Lourdes os abençoou, despediu-se, atravessou as paredes e sumiu do ambiente, tal qual raio de luz.

Capítulo 22

Ajuda

Na noite anterior, enquanto o casal amigo estava no centro espírita, Martin resolvia dormir no apartamento da namorada, pois a mãe dela chegaria em torno da hora do almoço da quarta-feira, e aquela seria a última noite que ele poderia ficar tranquilo por lá. Não fazia ideia do tempo que a sogra permaneceria ali.

Na manhã seguinte, Jaqueline não foi trabalhar. Acordou pior que nos dois dias anteriores e, graças ao namorado, que estava em casa, conseguiu reagir um pouco e com muita dificuldade sair da cama, lavar o rosto e tomar um café com ele. Rapidamente, Martin ligou para Suzana, que estava a caminho da empresa, para que avisasse os superiores da namorada que ela iria faltar.

Martin também pediu para seu gerente que o deixasse faltar ao trabalho. Iria compensar as horas depois. Chegara à conclusão de que deveria ficar lá até que sua sogra aparecesse. Ficou durante todo o tempo ao lado da namorada, demonstrando amor e compaixão pelo seu estado. Ele nunca havia visto cena igual àquela, em que Jaqueline alternava momentos de choro com frases melancólicas, afirmando que ele não merecia vê-la naquele estado.

Wilma chegou ao apartamento da filha pouco depois das onze da manhã. Cumprimentou calorosamente Martin, de quem tanto gostava. Prontamente, o rapaz a ajudou a entrar no apartamento com a mala e outros objetos pessoais.

— E minha filha? Como está?

— Hoje, ela não está tão bem. Domingo teve uma crise, segunda e terça até foi trabalhar, pois parecia ter melhorado, porém hoje acordou muito deprimida. Agora está deitada na cama e cochilando.

— Martin, meu querido. Muito obrigada pelo que vem fazendo por Jaqueline. Não sei como seriam as coisas sem você!

— Imagine, Dona Wilma. Consegui uma consulta às quatorze horas com o médico que está tratando dela. Graças a Deus houve uma desistência. Desde segunda de manhã estamos tentando.

— Que bom, meu filho! Sei que você está perdendo dia de trabalho! Deixe comigo. Eu mesma vou levá-la ao médico.

— Dona Wilma, posso levá-las com o meu carro. O pessoal da empresa sabe que, às vezes, temos problemas particulares e precisamos resolvê-los.

— Deixe, meu querido! Vamos de táxi, é mais prático. Você já fez muito por Jaqueline. Depois, eu ligo dando notícias.

Os dois continuaram a conversar sobre o assunto. Enquanto o genro queria estar presente à consulta médica, a sogra insistia que não deveria faltar ao trabalho por aquele motivo. Depois de muita insistência, Wilma o convenceu e sugeriu que ele fosse àquela hora mesmo para o escritório, pois assim que Jaqueline despertasse do cochilo ela estaria presente.

Ao despertar, a moça viu a mãe e choramingou:

— Que bom vê-la, minha mãe! Desculpe pelo meu estado.

— Oh, minha querida. Não tem nada que pedir desculpas.

— Sei que estou péssima — falou com voz de choro. — O Martin não merece alguém como eu.

— Vamos levantar esse astral, minha filha! Venha. Eu a ajudo. Quero que tome um bom banho enquanto eu preparo algo para comermos. Depois, vamos ao médico.

Jaqueline concordou e, vagarosamente, procurou reagir. Em momento algum a mãe fez alguma crítica à filha por ela ter parado com as medicações. Já estava devidamente instruída que naquele momento o mais importante seria ajudá-la e não dizer coisas que pudessem lhe causar aborrecimentos.

Depois do banho, já arrumada e com aparência melhor, a mãe tentou puxar conversa com a filha:

— Como você se sente agora, minha filha?

— Fraca e com dores de cabeça. Se eu pudesse, ficaria deitada o dia todo.

— Coma alguma coisa para irmos ao médico. Faça um esforço.

A moça sentou-se na aconchegante mesa que havia na cozinha do apartamento, e a mãe colocou uma salada, uma torta e um pouco de cereais para que ela se servisse. Timidamente, ela ensaiou pegar algumas colheradas de um ou outro prato.

— Você vai ficar bem, minha filha!

— Admito que errei por ter parado de tomar os medicamentos. Quis adiantar as coisas e deu nisso.

— Não pense assim. O que passou, passou. Talvez eu também fizesse o mesmo. Há exatos doze meses você tomava uma dosagem ainda maior e ainda fazia algumas sessões de psicoterapia, lembra? Depois, foi melhorando, e o médico diminuiu a dosagem e também a frequência das sessões. Talvez você estivesse se sentindo tão bem que resolveu parar com tudo.

— Isso, mãe! Com o Martin por perto, tomei coragem achando que estivesse curada.

— Mas, com as sessões você também parou?

— Faz uns dois meses que não vou. No começo, eram duas vezes por semana, depois diminui para uma e resolvi por conta própria fazer a cada quinze dias. Só que teve um feriado no mês passado que atrapalhou.

— Também não foi certo isso, não é, minha filha? Mas, vamos à consulta e ouviremos o que o médico tem a nos dizer. Com certeza, vai lhe dar um puxão de orelha.

— Eu sei, mãe — falou Jaqueline com voz chorosa e água nos olhos. — Só faço coisas erradas, não é mesmo?

Wilma tentou contemporizar, colocando panos quentes e dizendo que o passado deveria ser esquecido, e dali para a frente somente pensar no futuro. A filha revelou à mãe que gostava de se mostrar uma pessoa forte para o namorado e procurava esconder dele a dosagem diária de medicamentos que era obrigada a tomar, além das sessões de psicoterapia. Docemente, a simpática senhora mostrou à filha que aqueles tinham sido outros erros que ela cometera. Disse ainda que Martin mostrava-se um bom rapaz e a aceitaria do jeito que ela fosse.

Passadas algumas horas, mãe e filha estavam no médico psiquiatra. De uma forma educada, ele repreendeu a jovem pelas sequências de decisões erradas, dizendo que dali para a frente os futuros passos poderiam inclusive ser sugeridos por ela, porém sempre com o acompanhamento dele. Prescreveu uma carga pesada de medicamentos, que deveriam ser tomados naquele momento, e pediu que após quinze dias ela voltasse. Por fim, falou que após o retorno decidiria a respeito da continuação das sessões de psicoterapia.

Capítulo 23

Enganos

Nos dias subsequentes, Jaqueline ficou em seu apartamento, em licença médica, em companhia da mãe. Todos os dias, após o expediente, Martin passava por lá e ficava com a namorada por algum tempo. Só que o casal não tinha a privacidade de antes. Primeiro, porque Wilma estava presente e, por mais que procurasse agradar ao genro, não os deixava à vontade. Segundo, porque Jaqueline estava em um estado diferente do normal. Pelo efeito dos medicamentos, tanto a impressão de Martin quanto a da sogra eram de que ela estava com os reflexos um pouco lentos, a fisionomia sonolenta e a fala devagar.

O grande progresso foi que a linda jovem já não acordava mais aos prantos. Lentamente, parecia que os medicamentos surtiam resultados, apesar dos efeitos colaterais. A licença médica era de quinze dias, exatamente o tempo em que a mãe ficaria hospedada no apartamento. No fim de semana, Martin resolveu levar uma pizza e algumas guloseimas para animar o ambiente e deixar mãe e filha felizes. Martin deu a ideia, prontamente aceita por todos. A tentativa do jantar era mostrar para a jovem o quanto ela era querida por todos. Naquela noite, no ambiente descontraído, quando Martin conseguiu arrancar alguns sorrisos da moça, todos ficaram felizes.

Na segunda-feira seguinte, Martin foi ao apartamento de Jaqueline à noite, e, em raro momento em que Wilma não estava por perto, ela disse:

— Se você quiser ir ao centro amanhã, fique à vontade, meu amor!

— Não, meu bem. Imagine! Não tem cabimento eu deixá-la aqui nesse estado!

— Estou falando de coração! Não se preocupe, Martin. Minha mãe está aqui, e sei que faz tempo que você não vai lá.

— Tudo bem, mas prefiro ficar desta vez. O dia em que você estiver mais forte, então nós dois conversaremos a esse respeito.

Jaqueline fez uma cara tristonha, encostou a cabeça no ombro do namorado e, com lágrimas nos olhos, falou:

— Oh, Martin! Não podemos mais namorar! Como está difícil!

— É uma fase, vai passar. Tudo vai voltar ao normal. Na próxima segunda-feira, quem sabe você consegue voltar ao trabalho.

— Se Deus quiser, meu amor! Quero saber o que médico vai dizer na próxima consulta.

— Todos nós notamos que desde o fim de semana você melhorou. Veja! Está até sorrindo — falou Martin que, em seguida, fez propositalmente algumas cócegas no abdome de Jaqueline.

Ela sorriu de uma forma mais bonita e fez um gesto silencioso para que Martin se comportasse, pois, a mãe estava na cozinha preparando algo e logo apareceria por ali. Em seguida, falou com sinceridade:

— Não sei o que seria de mim sem você! Acho que minha vida perderia o sentido.

Martin respondeu com um sorriso e acariciou os cabelos dela. Wilma entrou na sala com uma bandeja com dois copos de sucos, várias bolachas e bolos, e, sorrindo, disse:

— Vejam só! Quero que comam tudo.

— Nossa, Dona Wilma, não precisava se incomodar! Pedimos uma pizza no escritório e comi demais.

— Eu sei, Martin! Por isso mesmo. Você está trabalhando bastante e precisa se alimentar. Veja se consegue chegar cedo um dia desta semana para jantar conosco.

— Muito obrigado, Dona Wilma! Vou tentar. Estamos em fase complicada de trabalho, porém farei o possível.

Tanto o casal quanto Wilma saborearam as guloseimas e tomaram o suco. Do mesmo modo que em todas as noites em que o jovem estava presente, o encontro era muito agradável, e tanto a filha quanto a mãe sentiam-se muito bem na presença dele.

* * *

No dia seguinte, no horário do almoço, Martin estava com o amigo Matheus e conversava a respeito de Jaqueline.

– Graças a Deus ela está melhorando, Matheus. É provável que na próxima semana esteja trabalhando.

– Que boa notícia, Martin. Há pessoas que precisam de muito mais tempo. Que bom que com ela está sendo diferente.

– Nem me fale. Confesso-lhe que apesar de me tratarem muito bem quando estou lá, às vezes, fico meio calado, pois nossa privacidade não é como antes.

– Fique tranquilo, uma hora as coisas se ajustam. Mais uns dois ou três meses e tudo passa.

– Como assim? Dois ou três meses?

– Ué? A Jaqueline não lhe contou que a mãe vai morar durante uma temporada por aqui? A Suzana que me disse.

– O quê? Eu estava deduzindo que Dona Wilma iria embora domingo agora.

– Não, meu amigo. Pelo contrário. Neste fim de semana, toda a família dela virá para São Paulo visitá-la.

– Nossa! Não estou sabendo de nada disso! Por que não me contaram?

– O que isso muda para você, meu amigo? Não lhe contaram, pois acho que havia coisas mais importantes para as duas discutirem com você, concorda?

– Como pode? Não sei como vão se acomodar lá...

– Como o apartamento é pequeno, parece que o pai e os irmãos dela ficarão hospedados em um hotel perto dali.

– Você está sabendo muito mais do que eu. Vou ter de esperar bastante para ter minha namorada só para mim. Eu, que já estava me acostumado a dormir várias noites por lá, vou sentir...

– Deixe de ser egoísta, Martin! Pense no bem-estar de Jaqueline e espere o tempo que for para tê-la de volta só para você. Eu falo assim porque é meu amigo. Por sinal, que tal irmos ao centro? Acho que está precisando de boas vibrações.

– Obrigado, mas prefiro ficar ao lado da minha namorada. Ela mesma sugeriu que eu fosse, mas não quero. Agradeço o convite, Matheus.

– Está bem! Você é quem sabe. Acho que seria legal se você fosse.

— Em breve, meu amigo. Em breve, eu vou. Tenho algo para conversar com Jaqueline à noite.

— Vá com calma, Martin. Não discuta com ela por causa disso! Entenda seu estado.

— Lógico, meu amigo. Conversarei com toda a calma do mundo dizendo o que eu acho, só isso. Fique tranquilo, sei lidar com ela, principalmente agora.

Os dois continuaram a conversa e Martin tentou disfarçar o desagrado pelo que acabara de saber. Intimamente, pensava que Jaqueline, sendo sua namorada, deveria ter lhe contado sobre a visita familiar, bem como sobre a estada prolongada da sua mãe.

Contudo, nem ela mesma sabia dessa história, que fora revelada à Suzana por Wilma em uma tarde em que ela ligou perguntando pela amiga, que dormia.

Capítulo 24

Surpresas

Na noite daquela terça-feira, enquanto o casal Matheus e Suzana estava no centro, Jaqueline permanecia em casa em companhia da mãe. Diferentemente de outras ocasiões, naquele dia Wilma fez questão de convidar o genro para jantar com elas. Martin chegou antes do horário combinado, em torno das sete horas da noite, para ficar mais tempo com a namorada.

Após os cumprimentos iniciais, os jovens ficaram na sala, e a mãe da moça foi para a cozinha assistir à televisão e finalizar o jantar. Martin percebeu que Jaqueline estava com a aparência ainda melhor e festejou:

— Que bom vê-la assim, minha querida! Fico muito feliz.

— Estou um pouco mais disposta. Depois de dez dias da minha crise, confesso que hoje, quando acordei, tive vontade de sair da cama. Graças a Deus.

— E logo, logo, voltará ao trabalho.

— Da forma que me sinto agora, eu poderia dizer que amanhã mesmo eu conseguiria ir ao escritório.

— Com certeza! Hoje você está bem melhor que segunda e terça da semana passada quando nem deveria ter ido, lembra?

— Arrastei-me literalmente naqueles dois dias. Senti um pico de depressão no domingo, e nos dois dias seguintes eu achei que estava bem, mas só a Suzana que me via por lá sabe os maus-bocados pelos quais passei.

— Fiquei sabendo, meu amor. Mas, agora as coisas parecem que estão entrando nos eixos.

— Com certeza.

Uma voz proveniente da aconchegante cozinha, onde havia uma pequena mesa para três pessoas, foi ouvida pelos jovens. Wilma anunciou que o jantar estava servido. Martin calmamente ajudou a namorada a se levantar do sofá, pois ele estava receoso de que ela ainda estivesse fraca e fez questão de lhe dar o braço, andar alguns passos ao seu lado e acomodá-la carinhosamente à mesa. O assunto iniciado pelos jovens continuou:

— Tenho um palpite de que o doutor vai liberar sua filha para o trabalho na semana que vem. Veja como ela está bem.

— Graças a Deus, Martin! Tenho rezado fervorosamente todas as noites por ela.

Martin aproveitou a descontração das duas que, naquele momento, estavam com semblante feliz, e comentou:

— Se até o fim de semana você estiver bem, poderemos visitar seus parentes lá em São José do Rio Preto. Vamos de avião, se desejar.

Wilma prontamente respondeu:

— Não será necessário, meu querido! Meu marido e meus dois filhos virão nos visitar neste fim de semana. Há um hotel muito próximo daqui, e, para não tumultuar ainda mais este apartamento, eles ficarão hospedados lá. Ah, Jaqueline! Eu nem tinha lhe contado ainda, pois você não estava bem, preferi aguardar momento mais oportuno para avisá-la.

— Acho legal, mãe. Mas, para que todos virem para cá? Que trabalho! No fim de semana anterior ao que fiquei mal eu já tinha ido com o Martin visitá-los.

— Deixe, minha filha. Começo a ficar muito tempo longe do seu pai e já viu, né?

— Mas, achava que a senhora fosse embora domingo.

— De forma alguma. Enquanto você não estiver totalmente recuperada, nem pensar! Você não acha, Martin?

Inicialmente, Martin ficou surpreso e não soube o que responder, porém, em seguida, disse:

— Claro, claro! Logo, logo, Jaqueline ficará bem e tudo voltará ao normal.

Wilma ainda emendou:

— Além disso, sabemos que sua amiga Suzana já não mora mais aqui, e esse é outro motivo pelo qual não arredo o pé.

Enquanto Martin estava perplexo pelas decisões de Wilma, Jaqueline silenciosamente desaprovava a postura da mãe, e de forma rude falou:

— É bom todos me visitarem, mas tenho certeza de que depois do fim de semana eu poderei voltar a ficar sozinha como sempre fiquei, mãe.

— Nem pensar. Já não gostei que Suzana se foi e quero ver você bem.

— Ficarei bem sozinha. Acredite, minha mãe.

Enquanto as duas discutiam, Martin fazia um grande esforço para não mostrar o desagrado. Até antes da crise da jovem, eles viviam praticamente igual a um casal, pois em várias ocasiões o moço dormia lá. Com a sogra ficando lá por tempo indeterminado, eles dificilmente ficariam mais à vontade, e teriam dificuldade para namorar.

A conversa que Martin havia tido na hora do almoço com o amigo Matheus estava esclarecida: a sogra é que estava tomando as decisões e segurando as rédeas da vida da filha. Pacientemente, ele tentou se conter e procurou não demonstrar contrariedade. Por dentro, fervia de ódio, e com pensamentos egoístas pensava somente em si, que não teria mais liberdade.

Por fim, após o jantar, em alguns raros momentos sozinho com Jaqueline, Martin ouviu suas queixas por ter concordado com a mãe quando questionado acerca da prorrogação da permanência por lá.

— Por que você ficou do lado da minha mãe?

— Imagine, Jaqueline. Queria que eu fizesse o quê? De fato, você tem de estar cem por cento. Queria que eu falasse de que jeito com sua mãe? "Pode deixar, Dona Wilma, durmo aqui todas as noites". Queria que eu dissesse isso?

— Acho que você está certo, meu amor. Vamos ter de aguentar essa situação mais um pouco.

Martin fez de tudo para não demonstrar seu desagrado para Jaqueline. Intimamente, sabia que ela estava em fase de recuperação e carecia de cuidados. Procuraria, à medida do possível, suportar as mudanças momentâneas dando apoio tanto para ela quanto para a família.

O que acontecia na verdade é que enquanto tudo corria bem, e a saúde da moça imperava, tudo eram flores no relacionamento deles. Bastou um pequeno percalço para que as fraquezas e o egoísmo de Martin tomassem conta dos seus pensamentos.

Capítulo 25

Orai e vigiai

Enquanto isso, Suzana e Matheus aguardavam silenciosamente o início da palestra de Octávio no Centro Espírita Obreiros da Nova Era. Antes que o ilustre palestrante tomasse seu lugar e começasse a falar, os dois oravam aos Espíritos de Luz para que fossem derramadas as bênçãos de cura para a jovem amiga enferma que estava em casa.

Octávio chegou com seu carisma especial e sua simpatia característica e saudou a todos, fez uma pequena vibração inicial antes de entrar no tema daquela semana.

– Boa noite a todos. Que a paz do Mestre amorável Jesus nos envolva. Queridos amigos, é para mim sempre um prazer falar da Doutrina Espírita, a qual abracei há cerca de 17 anos, mas que, principalmente, fui por ela abraçado. Desde essa época, minha vida tomou rumo mais seguro, por estradas mais iluminadas e com a certeza da presença de Jesus e dos Benfeitores Espirituais a me guiarem. Hoje, nossa exposição terá por tema: "Em relação à angústia", e será realizada com diminuta biografia de duas grandes mulheres, dois grandes espíritos missionários, sendo uma no início e outra no fim da apresentação.

— O tema proposto foi desenvolvido a partir de mensagem ditada pelo Espírito Joanna de Ângelis. Mas, quem seria este valoroso espírito? Joanna de Ângelis teve sua primeira manifestação em 5/12/1945 e assinava suas mensagens tal qual "Um Espírito Amigo". Temos conhecimento de quatro reencarnações precedentes de Joanna, sendo que na primeira ela teria sido Joana de Cuza, esposa de Cuza, Procurador de Herodes, no tempo de Jesus. Foi também uma das mulheres que encontrou o túmulo de Jesus vazio e o seguiu em sua caminhada rumo à cruz no Calvário. Foi sacrificada na fogueira no Coliseu de Roma por não renunciar à sua fé em Jesus. Depois, desceu à Terra no corpo físico de Santa Clara de Assis, de 1194 a 1253, tendo sido a mulher seguidora de São Francisco de Assis e fundadora da Ordem das Clarissas. Mais à frente, em nova roupagem carnal, reencarnou na pessoa de Juana Inés de La Cruz, de 1651 a 1695, pseudônimo religioso da poetisa mexicana Juana de Asbaje. E, finalmente, em novo descenso carnal, reencarnou como Joanna Angélica de Jesus, entre 1761 e 1822, na Bahia, onde também, na condição de religiosa, Sóror e depois Abadessa, foi protagonista de doloroso drama na Independência da Bahia, tendo sido assassinada em defesa da honra de suas companheiras de convento. Após esta pequena informação biográfica do espírito Joanna de Ângelis, a psicóloga da Espiritualidade, vamos dar início à nossa palestra.

— Podemos definir a angústia como um aperto, carência, medo indeterminado, pois que não conseguimos nestes momentos identificar sua origem, entranhando-se em nossos sentimentos igual erva daninha. Quase sempre resultado de sofrimentos mal digeridos, ou resolvidos e procedente de erros de reencarnações passadas, ou mesmo de erros atuais.

— Aqui, queridos irmãos, gostaria de abrir um parêntese para ressaltar um ponto muito importante ao nosso crescimento espiritual. Sempre que possível, ressaltamos as nossas "reencarnações passadas". Pois é, enquanto não entendermos e aceitarmos claramente que somos espíritos com um passado de infinitas experiências na carne e que, todas as nossas vidas passadas, presentes e futuras estão intimamente ligadas aos nossos atos, em que cada um deles dita as reações futuras, estaremos andando em círculos e atrasando cada vez mais nossa evolução como espíritos perfectíveis que somos.

— Em nossa vida, vivemos sucessos e insucessos. Quanto aos sucessos, ou momentos felizes, quando estes acontecem, não há problema, vivemo-los de forma a aproveitá-los e, provavelmente, nem lembramos de agradecer ao Alto. Já quanto aos nossos momentos tristes, quando acontecem, aí sim nos lembramos de Deus por meio de questionamentos, dúvidas e até revoltas. Os insucessos da vida fazem parte do crescimento espiritual. São ferramentas de crescimento quando bem aproveitadas. Lembramos aqui trecho aprazível da poetisa Cecília Meireles que diz: *... porque há doçura e beleza na amargura atravessada,* *e eu quero a memória acesa depois da angústia apagada.* Em nossos dias tranquilos, tudo dá certo, ao passo que naqueles instáveis, nada dá certo: acontece uma sucessão de ocorrências desagradáveis, em cada nova tentativa, novo insucesso. E quando isso acontece, aumenta nosso pessimismo, desânimo, aflição e angústia, ocorrendo então momentos de mau humor, stress e até mesmo depressão. São estes, dias de provas e desafios. Espíritos que somos ainda estagiando nos primeiros anos da escola evolutiva, passamos sempre por problemas, dificuldades, perdas e doenças. Mas, os momentos infelizes não acontecem para nos desestruturar emocionalmente, mas para serem vivenciados como forma de aprimoramento espiritual. Devemos enfrentá-los com naturalidade, sem temor, com coragem e entendimento, nunca fugindo da responsabilidade. E, para isso, temos de ter em mente nossa vida futura. Lembremos a lição de Kardec em **O Evangelho Segundo o Espiritismo**, cap. 2, item 5.

Octávio pegou o livro com a página marcada, colocou os óculos e continuou:

> *Pelo simples fato de duvidar da vida futura, o homem dirige todos os seus pensamentos para a vida terrestre sem nenhuma certeza quanto ao porvir, dá tudo ao presente. Nenhum bem divisando mais precioso do que os da Terra, torna-se qual a criança que nada mais vê além de seus brinquedos. E não há o*

que não faça para conseguir os únicos bens que se lhe afiguram reais. A perda do menor deles lhe ocasiona causticante pesar; um engano, uma decepção, uma ambição insatisfeita, uma injustiça de que seja vítima; o orgulho ou a vaidade feridos são outros tantos tormentos, que lhe transformam a existência numa perene angústia.

— O Mestre de Lyon deixa claro a importância da certeza na vida futura, a fim de que não nos martirizemos com coisas e situações efêmeras.

Octávio fez uma pausa para sorver um gole d'água, e a responsável pela Assistência Espiritual do centro dirigiu-lhe a seguinte pergunta:

— Octávio, o quanto a angústia nos afeta?

— Minha cara, a angústia afeta o psiquismo, o corpo, a vida e adoece o espírito. Devido às nossas atitudes equivocadas, temos sempre irmãos, encarnados e desencarnados, à espreita para nos desviar do caminho reto. Um, dois, três, quatro insucessos são normais, já a interminável sucessão destes pode ter origem espiritual, por meio de um processo obsessivo, e aí, quanto mais irritado e angustiado, maior o cerco obsessivo a nos envolver. Há sempre mentes maldosas que nos acompanham e se interessam pelo nosso fracasso.

—Irmãos, para que não caiamos nas malhas da angústia como doença de nossa alma, devemos recorrer aos seguintes antídotos eficazes assim listados: trabalho edificante, podendo ser social, moral e espiritual; leitura instrutiva e consoladora; música que conduz a coisas agradáveis; caridade com o próximo; pensamentos otimistas; afastamento temporário do rebuliço social e recolhimento junto à natureza; prece de agradecimento pela vida; mudança de paisagem mental, dando mais valor às coisas belas do que às tristes; substituição de ideias pessimistas por outras novas e construtivas; reeducação de hábitos mentais negativos e, a mais importante de todas, a elevação do pensamento a Deus e a Jesus. Os antídotos citados têm eficácia quando todos são adotados, um complementando o outro e não isoladamente.

– A caridade deve fazer parte de nossa vida como conduta primária, e a angústia não terá terreno fértil em nosso coração. Lembremos as palavras de Madre Teresa de Calcutá quando nos ensina que, ... *as mãos que ajudam são mais sagradas que os lábios que rezam.* Sabemos da importância que a oração tem como lenitivo às nossas dores e dúvidas, mas a oração sem ação estará fadada ao fracasso.

– A felicidade deve fazer parte de nossa vida, não a angústia. Vencemos a correnteza forte contornando-a e não nadando contra, mas, se desistirmos sem lutar o bom combate, de Paulo de Tarso, mais rápido se fará o fracasso. A paz interior se conquista no dia a dia, por meio de nossas lutas diárias, da busca pelo nosso crescimento, pela renovação íntima e aproximação com o Pai.

—E para encerrarmos nossa exposição fraterna, trazemos o texto ditado pelo espírito Meimei, não sem antes explicar em poucas palavras a respeito dela. Meimei é o apelido carinhoso de Irma de Castro Rocha, nascida em 22 de outubro de 1922, em Leme, Minas Gerais. Ela se casou com Arnaldo Rocha, aos 22 anos de idade, mas seu casamento durou apenas dois anos, pois ela faleceu aos 24 anos. 'Meu Meimei' era apelido carinhoso que o casal passou a usar um para com o outro, e que tem origem em uma expressão chinesa que significa 'amor puro'. Menos de dois meses depois do seu retorno à pátria espiritual, ela enviou sua primeira mensagem psicografada por meio de Chico Xavier. E dentre tantas que viriam depois, encerramos com a mensagem: "Orai e confiai!".

Octávio fez ligeira pausa e, em seguida, pronunciou os seguintes dizeres anotados em uma folha de papel:

Se um dia te encontrares em situações difíceis que a vida te pareça um cárcere sem portas, sob o cerco de perseguidores aparentemente imbatíveis;

Sofrendo a conspiração de intrigas domésticas;

Na trama de processos obsessivos;

No campo de moléstias consideradas irreversíveis;

No laço de paixões que te conturbem a mente;

Debaixo de provas que te induzam à desolação e ao desânimo;

> *Sob a pressão de hábitos infelizes;*
>
> *Em extrema penúria, sem trabalho e sem meio de sobrevivência;*
>
> *De alma relegada a supremo abandono;*
>
> *Na área de problemas criados pelos entes a que mais ames, não desesperes.*
>
> *Ora em silêncio e confia em Deus, esperando pela divina providência, porque Deus tem estradas, onde o mundo não tem caminhos.*
>
> *É por isto que a tempestade pode rugir à noite, mas não existem forças na Terra que impeçam, cada dia, a chegada de novo amanhecer.*

Muita paz a todos.

Depois do encerramento, dos habituais passes e do término dos trabalhos naquela casa, Suzana e Matheus trocaram algumas ideias com Octávio, que demonstrou plena compreensão pelas tentativas, sem sucesso, dos jovens em levar Jaqueline àquela abençoada casa. Ele dizia que o desejo de que ela se engajasse por lá não era dele, mas dos Guias Protetores de Luz. O casal intimamente concordava com o posicionamento do ilustre palestrante, pois também tinha os mesmos registros no subconsciente, depositados em sonhos, por Lourdes. O momento oportuno para que isso acontecesse ainda demoraria a chegar.

Capítulo 26

Uma revelação

Duas semanas após, Jaqueline ainda estava em companhia da mãe no apartamento. Wilma percebia que a filha havia melhorado, mas ainda não tinha decidido partir, pois não acreditava que ela estivesse "cem por cento". De nada adiantava toda a insistência por parte dela, afirmando que poderia ficar sozinha.

Estavam somente as duas no apartamento em uma noite de quarta-feira quando tiveram a mais séria discussão desde quando Jaqueline adoecera.

— Mãe, minha vida está normal. Voltei a trabalhar e como já lhe disse, várias vezes, a senhora não precisa mais ficar comigo.

— Minha filha, não acho que as coisas sejam dessa maneira. Voltou a trabalhar porque insistiu com o médico.

— Lógico, mãe. Eu já queria ter voltado há duas semanas, depois daquele fim de semana que os meus irmãos estiveram conosco. A senhora é que influenciou o médico para prorrogar minha licença.

— Eu percebi que você ainda não estava bem, minha filha. Você tem de entender que eu quero sempre o seu melhor.

— Eu sei, mãe! Sou-lhe muito grata e sei tudo o que a senhora tem feito por mim, mas, por outro lado, seria bom eu tentar me readaptar sozinha. Eu tenho de enfrentar.

— Ainda não, Jaqueline! Ficarei o tempo que achar necessário! Quando você está no trabalho, arrumo afazeres e a minha vida está ótima.

— A senhora tem de entender que papai e meus irmãos também precisam de você, lá. Será que não percebe?

— Eles me dão todo o apoio por estar aqui.

— Não é o que percebi quando falei com o Cesar esta semana! Ele disse que morre de saudade e que a senhora faz falta. Ele perguntou quando a senhora vai voltar para casa.

— O Cesar ainda é um adolescente e, acima de tudo, um pouco mimado. Ele também vive choramingando para mim quando ligo. Já sei dessa conversa.

— Então, mãe! Acho que ele tem suas razões.

— Pare de insistir, Jaqueline. Parece que você quer que eu vá embora o quanto antes! Está me passando essa impressão.

— Não é isso, mãe! Estou me sentindo melhor, e os efeitos colaterais dessas novas medicações já são quase nulos. Além disso, retomei a psicoterapia e estou muito bem. Não me entenda errado.

— Como? Eu imagino por que você quer que eu volte para minha casa: para ficar em paz para dormir com seu namorado aqui, não é mesmo?

Jaqueline ficou vermelha e fechou completamente o semblante com a mãe. Tomou fôlego por alguns segundos e disse:

— É, Dona Wilma! Bastou eu começar a trabalhar para a senhora ter mais tempo de ficar sozinha, fazer amizades pelo prédio com essas senhoras desocupadas e elas encherem sua cabeça, não é mesmo? Diga-me! O que lhe falaram? Quem falou?

— Ninguém falou nada! Você é que está se entregando...

Jaqueline descontrolou-se e deu um grito com a mãe:

— É mentira! Pode falar!

Wilma, ao perceber o descontrole da filha, contemporizou:

— Está certo, Jaqueline! Dona Joana, que mora no terceiro andar, falou-me que por várias vezes seu namorado saía de manhã daqui, depois que Suzana se mudou do apartamento...

— Por que não me contou a verdade? — disse Jaqueline, aos gritos. — É assim que a senhora quer que eu melhore? Tirando-me do sério?

— Desculpe, Jaqueline. Você se entregou.

— E daí mãe? O Martin é um amor de pessoa, e a senhora mesma sabe disso. É claro que ele queria estar presente depois que comecei a morar sozinha. Tanto ele, quanto Suzana e Matheus, me querem muito bem. Suzana até estava preocupada em deixar este apartamento por saber dos meus problemas.

— Sempre condenei a saída de Suzana para morar no apartamento com Matheus. Se ela realmente gostasse de você pensaria melhor.

— Pare de falar bobagens, mãe — pediu Jaqueline em alto tom de voz. — Eu mesma dei a maior força a ela quando quis se mudar, assim como eu insisti para Martin dormir aqui por várias noites! Sabia, mãe? Muitas noites!

Wilma fitou a filha com um olhar de reprovação e balançou lentamente a cabeça de forma negativa. Jaqueline continuou a falar com o mesmo tom de voz: alto e agressivo.

— Eu sou adulta, mãe. Tenho vinte e três anos e me sustento sozinha. Nunca a desrespeitei! A senhora fica com essa cara feia, mas antes de eu ter essa recaída há quase um mês nem perguntava como eu estava. Íamos para sua casa a cada duas semanas e nossos assuntos eram todos fúteis. Desde o começo do namoro, o Martin me compreendeu e procurou me deixar de alto-astral. Como é que eu poderia deixar de pedir para uma pessoa maravilhosa quanto ele não ficar aqui comigo?

— É claro! Vocês estão há menos de um ano juntos. Tudo é belo. Entenda que eu sempre quis o seu bem, minha filha! Gosto muito dele também, mas não quero que se machuque, só isso! Para um envolvimento tão íntimo é preciso ter certeza absoluta de que o rapaz será seu marido.

— Não dá para conversar com a senhora, mãe. Vou me calar para não me descontrolar ainda mais. Pensamos diferente! Só isso!

— Está bem, esqueça o que eu disse. Entenda que, como mãe, tenho a intuição de que devo continuar aqui por mais algum tempo. E assim farei.

As duas ficaram mal-humoradas e mudas depois do diálogo, e cada uma pensava intimamente sobre o seu ponto de vista. Wilma permaneceu durona, mas estava ligeiramente arrependida por ter deixado a filha se exaltar. Sua atitude foi exatamente o contrário do que o médico havia pedido. Na última consulta, ele disse que era preciso que Jaqueline vivesse em um ambiente tranquilo e sem exaltações para que sua melhora fosse ainda mais rápida. A ilustre senhora havia cometido um erro, que atrasaria a recuperação da filha.

Capítulo 27

Interesse

Passadas mais algumas semanas, Martin começou a sentir natural desgaste no seu namoro. Ele sabia, intimamente, que a sogra era a maior responsável pela situação. Por melhor que fosse tratado, ele percebia o gênio dominador dela com a filha. Jaqueline, que no início do novo tratamento havia mostrado melhoras, havia estagnado a recuperação após a áspera discussão com a mãe e da notícia de que ela ficaria por lá por tempo indeterminado.

Em um almoço com o amigo Matheus, o jovem desabafou:

— Tento ser paciente, meu amigo, mas enquanto Dona Wilma não voltar para São José do Rio Preto, vou continuar dando desculpas para aparecer menos por lá.

— Você precisa ter paciência, meu amigo.

— Está difícil, Matheus. Ela mais atrapalha do que ajuda. Já lhe contei daquela discussão que elas tiveram. De lá para cá, Jaqueline parece que perdeu o brilho, não sei dizer!

— Acho que você está exagerando na sua ausência por lá. Esse curso à noite que você inventou nem é para a nossa área. Não deveria mentir.

– Vou abrir o jogo, meu amigo! Não aguento mais aquela senhora por lá! E desde quando soube que dormia lá, olha-me diferente.

– Mas, você havia me contado que ela gostava de você!

– Pois é, Matheus. Gostava! Acho que as coisas mudaram.

– Perceba, Martin, você se ausentando só atrasa a recuperação de Jaqueline, e sua sogra continuará por lá.

– Já pensei nisso, sim. Mas, lhe confesso que estou cansado.

– Por que não faz diferente, então? Convide Jaqueline para sair em vez de ficar por lá. Acho melhor!

– Mas, você acha que não estou fazendo isso? Nas últimas duas vezes em que me encontrei com Jaqueline, fomos ao cinema e depois a um restaurante.

– Pois, então, Matheus. Vá levando assim que uma hora muda.

– Espero que tenha razão, meu amigo.

* * *

Naquela mesma semana, os jovens Matheus e Martin estavam juntos em uma reunião de trabalho com mais dois corretores de seguros, além do gerente da equipe que noticiou a todos que a partir do dia seguinte a equipe aumentaria de quatro para cinco pessoas.

Os dois amigos trabalhavam juntos na mesma empresa havia cerca de três anos, e puderam galgar juntos ótimo desenvolvimento profissional. Sempre muito competentes e bons naquilo que faziam, cada um tinha uma boa carteira de clientes. Os outros dois colegas eram mais velhos e também eram bem-sucedidos, com boa clientela.

Em uma quarta-feira, na parte da manhã, o gerente apresentou a nova funcionária, Raquel, para os membros da equipe. Moça muito bonita e vistosa, tinha em torno de trinta anos de idade e deixou todos boquiabertos com sua presença, beleza e simpatia. A moça fora contratada por ter, além de uma boa carteira de clientes, muita experiência e grande conhecimento do mercado.

Para que o ambiente ficasse ainda mais descontraído, assim que ela foi apresentada, o gerente promoveu breve reunião. Comentou a forma de trabalho, detalhes do dia a dia, pequenas rotinas do setor, além de outros pormenores da empresa. Ao terminar, fez alguns gracejos e pequenas piadas, arrancando sorrisos de todos, principalmente da nova funcionária que começava a se enturmar com a equipe. Por fim, ele completou:

— Raquel, você já sabe onde é sua mesa e lá você tem tudo de que precisa. Como pôde notar, quando desejar algo é só pedir que será brevemente atendida.

— Obrigado, Sr. Rodrigues! Vocês são ótimos! Prometo me empenhar bastante e corresponder!

Nos dias subsequentes, a novata, que esbanjava simpatia e carisma, rapidamente fez amizade com vários funcionários da empresa, principalmente com Antonieta, que secretariava o gerente. Procuravam, então, coincidir o horário de almoço para estarem juntas e conversar. Em uma dessas ocasiões, conversavam alegremente:

— Antonieta, a empresa é ótima. Estou muito feliz.

— Que bom, Raquel. Não faz nem três dias que você começou a trabalhar e já está falando bem assim! Isso é ótimo e mostra seu alto-astral.

— Deu para perceber, não é Antonieta? Sou muito expansiva, e isso ajuda!

— Percebi sim! E vou adiante: acho que seu jeito até confunde a cabeça de alguns rapazes — disse Antonieta sorrindo. — Você vai acabar quebrando corações.

— Uma amiga já me falou isso na época da faculdade! Os homens acabam confundindo as coisas.

— Pois é! Em um ambiente predominantemente masculino, o risco é maior — falou Antonieta gargalhando.

— Nem sei se teria tempo para pensar em casos amorosos. Estou muito bem na minha vida de mulher separada, apesar de ter uma filha de cinco anos. Minha mãe me ajuda bastante. Quer saber? Acho que não quero problemas.

— Você diz isso agora. Nunca se sabe o dia de amanhã!

— Pode ser! Mas, por que você está falando isso? Já sei! Deve ter reparado que alguém ficou de olho em mim, não é?

— Pois é, Raquel. É mais fácil eu dizer quem não ficou de olho em você — falou rindo. — Deu para perceber como é a galera da empresa?

— Ah, meu Deus! Era melhor que eu tivesse uma cara mais fechada, não é mesmo, Antonieta?

— Teria de se transformar em uma mulher feia também! — Antonieta soltou muitas gargalhadas que foram acompanhadas pela amiga.

— Poxa, Antonieta! Você também é muito alto-astral.

— Sou uma pessoa de bem com a vida, assim como você. Mas, conte-me do pessoal da equipe. Você está se entrosando?

— Muito. Como você mesma sabe, já tenho anos de experiência e isso está tranquilo. Tanto os rapazes mais novos quanto os mais velhos são muito solícitos e me mostraram que conhecem bem o negócio. Além disso, o gerente é super amigo de todos!

— Sim. Inclusive, tanto o Matheus quanto o Martin tiveram boas promoções nos últimos meses pelo bom desempenho!

— Que maravilha. Eu adoro ver pessoas tão jovens progredirem.

— Para eles foi ótimo, principalmente porque eles têm namoradas e planos futuros! Com o aumento salarial isso foi "uma mão na roda"!

— Bem, Antonieta, acho que os homens são todos iguais! Podem até ter planos, porém quando surge uma mulher diferente por perto ficam bobos.

— O que você está querendo dizer, Raquel?

— Como você mesma disse, o meu jeito de ser acaba confundindo a cabeça dos rapazes, e acho que Martin está interessado em mim!

— Você deve estar certa. Ele sempre foi mulherengo. Também, lindo como é, tem de ser!

— Também o achei bonito, apesar de novo demais! Mas, como já lhe disse, não quero confusão. Ainda mais sabendo que é comprometido!

— Nunca vi Martin ficar muito tempo com alguém. Logo estará sozinho de novo.

— Pode ser que desta vez não. Vai saber!

— É até meio difícil de acreditar, mas acho que bateu o recorde de namoro. Pelo que contam, tanto ele quanto o amigo já passaram dos nove meses de namoro.

— Pois, então, Antonieta! Não é uma aventura qualquer! Pode ser que engrene e ele mude seu jeito. Vai saber...

As duas continuaram a conversar acerca de outros assuntos no agradável almoço daquela sexta-feira. Antonieta mudou um pouco a conversa e começou a contar detalhes da empresa, seus planos de viagem de férias e seus projetos futuros. A novata se enturmava cada vez mais e intimamente sabia que havia feito uma ótima escolha.

* * *

Enquanto isso, os amigos Martin e Matheus também almoçavam juntos em outro local, e o assunto girava em torno da linda funcionária que havia entrado no setor.

— Matheus, vou lhe contar um segredo: estou apaixonado pela Raquel!

— Ora, Martin. Deixe de ser infantil, meu amigo! Você está deslumbrado por sua beleza física, pela personalidade, seu porte, sua simpatia e seu carisma.

Não se iluda, meu amigo. Que Jaqueline jamais saiba de sua fraqueza. Já parou para pensar nisso?

— Não me culpe, Matheus. Sei de toda a problemática de Jaqueline e sempre estive presente, dando-lhe todo o apoio, porém, só eu que sei dos meus sentimentos.

— Não o entendo, Martin. Antes de conhecê-la, você me confidenciou que o namoro com Jaqueline o tinha transformado no homem mais feliz do mundo e que, enfim, tinha encontrado alguém que o completava, que antes estava carente e que todas as mulheres que tivera não lhe acrescentaram nada. Falou que seus rápidos casos amorosos tinham sido superficiais e coisas do tipo...

Martin ficou mudo e cabisbaixo, e o amigo emendou:

— É muito fácil estar bem quando as pessoas estão bem, não é mesmo, Martin? Tirando uma pequena crise que ela teve bem no comecinho do namoro, lembro-me que nunca houve problemas com ela nesses longos meses. Tudo estava bem, não é mesmo? De repente, estourou o atual problema e as semanas estão passando, e sei que para você tudo mudou, mas me ouça, Martin, não fique vulnerável a isso! Reflita bastante.

O amigo permaneceu mudo, aguardando a próxima fala de Matheus, que continuou:

— Lembro-me, inclusive, que tempos atrás o questionei sobre o quão sério estava o seu relacionamento com Jaqueline e o alertei sobre os cuidados de não machucar, no futuro, a sua namorada. Poxa, Martin! Você vai pisar na bola com ela?

— Você pensa que não estou em crise com essa situação? Sinto um grande amor por Jaqueline, porém, as coisas começaram a se desgastar e, de repente, ao conhecer essa moça fiquei confuso.

— Você tem muito que amadurecer, amigo! Já havia percebido que você estava cheio de graça pra cima dela.

— Ora, Matheus. Você nem considera que de repente eu poderia ser até mais feliz com ela? Se ela é seis anos mais velha do que eu, é separada e tem uma filha, e eu gostar dela mesmo, qual o problema? Eu garanto que não quero mais aventuras na minha vida. Se fosse para ter alguma coisa, teria de ser um compromisso sério.

— Claro que considero tudo isso que me disse, porém, só quero que saiba o que está fazendo. Além do mais, você tem de estar ciente de que Jaqueline pode ter outras recaídas se você romper o namoro.

— Não me coloque como vilão, Matheus. É claro que não vou fazer isso assim no estalar de um dedo, Martin. Entenda que está havendo um desgaste e como você sabe, para piorar, a mãe dela não larga do nosso pé.

— Só acho o seguinte: não seja maquiavélico se realmente pretende jogar tudo fora. Isso é terrível. Sei que você tem se afastado por sentir seu ambiente invadido. Até entendo, mas reflita bastante antes de tomar uma decisão e arque com as consequências.

Os dois continuaram a conversar. Por muitas vezes, o jovem Martin ficou mudo e refletindo sobre as palavras do amigo. Por fim, Martin foi intimado a estar presente no Centro Espírita Obreiros da Nova Era na terça-feira seguinte, mesmo sozinho. Seu amigo o considerou, naquele momento, espiritualmente mal influenciado, e apostava que, ao assistir à palestra e tomar o passe, pudesse tirar essas ideias da mente.

Capítulo 28

As espigas

Na terça-feira, Matheus e Suzana conseguiram convencer Martin a estar presente à palestra no centro espírita. Levando-se em conta que ultimamente ele não estava muito assíduo, o casal aproveitou a ocasião e insistiu um pouco para que ele os acompanhasse naquela bonita noite; afinal, Jaqueline tinha a mãe por companhia.

E a alta Espiritualidade resolveu intuir, alguns dias antes, o ilustre palestrante a preparar algo que falasse ao coração do jovem Martin. Octávio falaria acerca das tentações que os seres humanos enfrentam na vida, e como saber lidar com isso. Depois das vibrações iniciais e demais formalidades, todos já estavam atentos à fala do simpático senhor, que discorreu:

— Queridos amigos e irmãos, mais uma vez aqui estamos reunidos sob a proteção de Deus e da luz do Mestre adorável, Jesus. Como fazemos toda semana, trazemos um tema previamente escolhido e preparado, sempre com a orientação esclarecedora de nossos Benfeitores e dos Amigos Espirituais. Abordaremos um assunto que diz respeito não a mim ou a algum dos presentes, mas a todos: as tentações com que deparamos em nosso dia a dia. E, para iniciarmos, pedimos licença ao Mestre Jesus para citarmos uma de suas passagens que consta em Matheus, capítulo VI, versículos de nove a treze, em que ele, ao falar para o povo humilde e simples que bebia suas palavras edificantes, ensinava a rezar:

> *... Portanto, orai vós deste modo: Pai-Nosso que estás nos céus; santificado seja o teu nome; venha o teu reino; seja feita a tua vontade, assim na Terra, como no céu. O pão nosso de cada dia dá-nos hoje, perdoa-nos as nossas dívidas, assim como nós também temos perdoado aos nossos devedores; e não nos deixe cair em tentação, mas livra-nos do mal.*

— Nessa oração, que é a mais conhecida entre os povos cristãos, Jesus nos ensina que podemos e devemos pedir ao Pai por nós, por nossos entes queridos, amigos e até mesmo por irmãos desconhecidos. E quando nossa oração é sincera, feita com sentimentos vindos diretamente de nosso coração, do íntimo de nosso espírito, sentimos que o Pai nos atenderá. Mas, Jesus nos ensinou também que devemos fazer a parte que nos cabe, por meio do esforço pelo autocrescimento, pelo comprometimento com o Alto; buscar a nossa melhora moral e espiritual e a correção de nossos defeitos.

— O universo do Pai é regido por Leis Divinas e nós, homens e mulheres, também somos regidos pelas leis de respeito, livre-arbítrio, aceitação das diferenças, boa conduta e honestidade. São elas que regem o Homem de Bem. Mas, se não as respeitamos, como contar com a proteção que elas têm a nos oferecer? Estamos sempre pedindo e esperando, sem trabalho e sem esforço de nossa parte. Somos espíritos ainda fracos, nas cadeiras dos primeiros anos da escola da vida, devido à nossa ainda pouca evolução espiritual. E, por esse motivo, somos "tentados". Isso porque as tentações ainda "encontram abrigo" em nós. Comumente, costumamos dizer: "a carne é fraca" ou "a culpa é das más companhias". Ora, irmãos, por que ficarmos nos enganando quando sabemos que não é a carne que é fraca, mas sim o nosso espírito? E que a culpa também não é das más companhias, pois se estou junto a elas é porque me comprazo com as mesmas. Traição, furto, bebida, droga, velocidade, preguiça, gula, libido, orgulho, egoísmo e avareza são apenas algumas das tentações que encontram terreno fértil no espírito ainda portador dessas mesmas tentações.

— O cultivador planta a árvore, cuida, rega, colhe seus frutos e sabe que ela se equilibra sobre a própria raiz. E nós somos a árvore, que se estiver em solo fértil, dará bons frutos. Mas somos o cultivador, a árvore, a raiz, a rega, o solo e o fruto. Cabe a nós cultivá-la sem cessar, a fim de que os frutos sejam saborosos e suculentos, lembrando sempre que não há colheita sem plantação.

— Existe uma história que conta que um professor tentava ensinar a seus alunos que as tentações residem em nós, mas como eles não conseguiam entender, ele pegou algumas espigas de milho cruas e, oferecendo-as, perguntou-lhes quem iria comê-las. Mas, os alunos começaram a rir e a dizerem que ninguém seria louco de comer espigas cruas. O mestre, por sua vez, mandou trazerem um cavalo que pertencia à escola. Em seguida, colocou alguns obstáculos entre o cavalo e as espigas e mandou soltá-lo. Quando isso foi feito, o animal avançou guloso em direção às espigas e as devorou. Então, o professor explicou que as tentações nos procuram segundo os sentimentos que temos no campo íntimo, e que não podemos imaginar ou querer o que desconhecemos.

— As situações boas ou más, fora de nós, são iguais aos propósitos bons ou maus que trazemos conosco. A palavra tentação, queridos e amados irmãos, tem origem no verbo latino "tentare", que significa tocar, sondar, arrastar, examinar, experimentar, seduzir e corromper. E por que somos ainda corrompidos? Porque a corrupção moral e espiritual ainda faz parte de nós. A psicóloga da Espiritualidade, Joanna de Ângelis, ensina-nos que ... *a tentação representa uma avaliação em torno das conquistas do equilíbrio, por parte de quem busca o melhor na trilha do aperfeiçoamento próprio.*

— E essas avaliações, ou tentações, são iguais a provas apresentadas a nós, alunos que ainda somos. Aqueles que as vencem, avançam e os que sucumbem, estacionam ou refazem as provas até aprenderem e galgarem degraus mais acima. Se existem as tentações em nossa vida é porque existe o combustível que as alimenta, e este possui duas origens: a interior, decorrente de nosso íntimo ainda doente, e outra exterior, referente a processos obsessivos que se iniciam de modo leve até atingirem graus mais elevados. Quando o Mestre Jesus nos adverte *vigiai e orai, para não cairdes em tentação*, não quer dizer que devamos pedir o afastamento das provas, mas sim a sustentação, a força moral, o auxílio do Alto, para que aproveitemos as oportunidades que a vida nos apresenta, a fim de acelerarmos nosso progresso espiritual. E para encerrarmos nossa exposição vamos estudar a lição "Origem das Tentações", ditada pelo espírito Emmanuel, através da psicografia de Chico Xavier.

Octávio apanhou os óculos e leu suas anotações:

> *'Mas, cada um é tentado, quando atraído e engodado pela sua própria concupiscência' (Tiago, capítulo 1, versículo 14). Geralmente, ao surgirem grandes males, os participantes da queda imputam a Deus a causa que lhes determinou o desastre. Lembram-se, tardiamente, de que o Pai é Todo-Poderoso e alegam que a tentação somente poderia ter vindo do divino desígnio. Sim, Deus é o absoluto amor e tanto é assim que os decaídos se conservam de pé, contando com os eternos valores do tempo, amparados por suas mãos compassivas. As tentações, todavia,*

não procedem da paternidade celestial. Seria, porventura, o estadista humano responsável pelos atos desrespeitosos de quantos desrespeitam a lei por ele criada? As referências do apóstolo estão profundamente tocadas pela luz do céu. 'Cada um é tentado, quando atraído pela própria concupiscência'.

Octávio fez ligeira pausa e complementou os ensinamentos de Emmanuel prosseguindo a leitura:

Examinemos particularmente ambos os substantivos 'tentação' e 'concupiscência'. O primeiro exterioriza o segundo, que constitui o fundo viciado e perverso da natureza humana primitivista. Ser tentado é ouvir a malícia própria, é abrigar os inferiores alvitres de si mesmo, porquanto, ainda que o mal venha do exterior, somente se concretiza e persevera se com ele nos afinamos, na intimidade do coração. Finalmente, destaquemos o verbo 'atrair'. Vamos verificar a extensão de nossa inferioridade pela natureza das coisas e situações que nos atraem. A observação de Tiago é o roteiro certo para analisarmos a origem das tentações. Recordemos de que todo dia existem situações magnéticas específicas. Consideremos que a essência de tudo o que nos atrai no curso das horas eliminará os males próprios, atendendo ao bem que Jesus deseja.

Em seguida, Octávio, com toda sua simpatia, despediu-se de todos os presentes:

— Muita paz a todos.

Os três jovens receberam os passes e como de costume esperaram todos saírem para trocarem algumas palavras com Octávio, que ficou muito feliz em rever Martin após aqueles longos meses. Disse também, em tom de brincadeira, que iria importuná-lo sempre que o visse para que trouxesse a namorada ao centro. Suas palavras eram a manifestação indireta da Alta Espiritualidade na figura da avó de Jaqueline, que desejava ver a neta frequentando aquele abençoado local. O momento estava próximo.

Capítulo 29

Fidelidade

No dia seguinte, no horário do almoço, os jovens Matheus e Martin estavam juntos trocando comentários acerca da palestra da noite anterior. O namorado de Jaqueline havia se sensibilizado bastante com a fala de Octávio.

— Quero lhe agradecer, Matheus, por ter me levado de volta à abençoada casa de caridade.

— Você viu que interessante, meu amigo? A palestra veio a calhar para você, não é mesmo?

— Obrigado. Estava precisando ouvir tudo aquilo, e desde a noite de ontem não paro de refletir sobre aquelas palavras.

— Pare de me agradecer. Eu que devo lhe agradecer por tudo, pois foi você que me levou lá, lembra?

— Sim, Matheus. Mas do que adianta tudo isso? Levei-o, abri as portas, inseri você no grupo, porém minha conduta como ser humano não é adequada. Meus pensamentos não são tão elevados e percebi que ainda tenho que caminhar.

— Levante seu astral, Martin. Todos nós temos defeitos e qualidades e temos muito o que aprender e melhorar. Se as palavras de Octávio despertaram algo em você, isso é muito positivo, pois sempre é tempo de novas reflexões e eventualmente mudanças de caminho.

— Como eu lhe disse, Matheus, refleti muito e confesso que praticamente não dormi. Estava prestes a cometer uma bobagem, pois estava sendo levado pela beleza física e pelo encanto da Raquel e colocando a emoção acima da razão. Que Jaqueline não saiba das minhas fraquezas.

— Fico feliz com suas reflexões. Se realmente você tem certeza do que quer, tente mudar sua postura quando Raquel estiver por perto. Logicamente, ela deve ter percebido isso. Feche a guarda e como você mesmo disse, não cometa bobagens.

— São meus instintos animais, meu amigo! Tenho de domá-los. Por esse motivo, agradeço-lhe por ter me levado ao Obreiros da Nova Era.

— Isso mesmo. Tenho certeza de que nossos amigos invisíveis o intuíram para que fosse lá. E se eu estiver certo, isso aconteceu para que você não tente aventuras inconsequentes.

Apesar de ter apenas vinte e quatro anos de idade, Martin, por vezes, comportava-se que nem um adolescente inconsequente. Desde bem jovem, sempre foi muito mulherengo e namorador, e depois que se envolveu com Jaqueline mudou sua postura, mostrando-se para as pessoas mais próximas ser um rapaz correto e cheio de boas intenções.

Após a conversa com Matheus e do evento da noite anterior, Martin, pouco a pouco, tentou mudar sua postura com a deslumbrante Raquel. Esta, por sua vez, percebeu que o jovem estava com atitudes mais sóbrias, e isso a levou a concluir que passadas as impressões iniciais pela sua pessoa ela seria vista por ele somente por uma boa profissional.

Em um novo almoço com a amiga Antonieta, Raquel comentou:

— Reparei que Martin está diferente comigo, Antonieta. Parece que se aquietou. Não faz mais brincadeiras nem outras insinuações.

— Sério? Isso está soando estranho! Será que ele está com algum problema?

— Acho que não. Agora eu o vejo como uma pessoa normal — falou Raquel com uma risada, e emendando: — Quer saber? Melhor assim, pois estou adorando este lugar e não quero partir corações.

— É verdade. Só se ele estiver agindo assim porque a namorada apresentou alguma recaída...

— Como assim? O que ela tem?

— Não lhe contei, Raquel? A menina tem um sério problema de depressão e crises intermitentes.

— Nossa! Que triste! Mas, como você sabe?

— Ele mesmo me contou quando algumas semanas atrás a menina passou maus-bocados e até a mãe dela, que mora no interior, precisou vir para cá. Parece que não foi a primeira vez que isso aconteceu.

— Que coisa, hein? Mas, hoje em dia a medicina consegue tratar muitos desses casos com sucesso.

— Sim! Além disso, sei que tanto ele quanto Matheus têm suas crenças religiosas e usam isso para ajudá-la.

— Que bom! Isso é muito importante. Também rezo quando um amigo ou parente tem alguma necessidade. Esperemos, então, que ela fique boa o quanto antes.

— Nem sei se ela piorou, como aventei há pouco. Vou perguntar para Martin como ela está.

— Faça isso e depois me conte!

Os dias passaram, e o ambiente entre os cinco corretores de seguro era bem harmonioso. Martin colocou em mente que a forte atração física que, inicialmente, havia sentido pela bela Raquel era algo material e passageiro, e que todos os seus reais sentimentos estavam unicamente direcionados para Jaqueline.

Capítulo 30

Mentiras

Passado um mês, Jaqueline demonstrava estar melhor. Intimamente, ela não se sentia "cem por cento", no entanto, percebendo a insistência da mãe em permanecer em sua casa, tentava dissimular a situação. Notava que os encontros com Martin estavam muito formais e mais escassos e tinha conhecimento de que com a presença da ilustre senhora as coisas não caminhavam do jeito que ela desejava.

Em uma sexta-feira à noite, mãe e filha conversavam sobre a nova decisão de Wilma:

— Jaqueline, estou aventando a possibilidade de ir embora, mas você tem de me prometer não interromper o tratamento. O assunto é sério, minha filha!

— Fique tranquila, mãe. Continuarei com o que for preciso! Inclusive a terapia. Acredite, de algumas semanas para cá estou realmente melhor.

— Sei que você está trabalhando normalmente há algumas semanas, mas tenho de ter certeza de que esteja melhor. Penso em ir embora no domingo, se Deus permitir.

— Estou muito bem. Acredite, mesmo com Martin vindo pouco aqui por estar em uma fase de trabalhos e cursos na empresa. Entenda, minha mãe, sempre fui independente. Quando entrei na faculdade aqui em São Paulo, a senhora e o papai montaram este apartamento e fiquei por longos meses sozinha. Depois, conheci Suzana e a convidei para morar comigo quando soube que a família dela também não morava aqui na cidade.

— Sei disso, minha filha. Mas, naquela época você estava muito bem e até, então, nunca havia tido problemas depressivos.

— Então, minha mãe! Se agora estou voltando ao normal, nada mais justo do que a senhora me dar um voto de confiança, não acha?

— Vou partir, sim, mas ficarei atenta. Quero que se cuide!

— Mãe! Saiba que nos dias de hoje estamos sempre on-line e não será diferente conosco. Podemos conversar à frente de uma tela a qualquer tempo e ainda nos vermos.

Wilma concordou com a filha; sabia que já passava do momento de partir. Ficara mais de quarenta e cinco dias longe do marido e dos filhos, que nesse ínterim chegaram a visitá-las apenas duas vezes.

Depois da conversa, Jaqueline foi para o seu quarto, fechou a porta e ligou para o celular de Martin, que naquela noite não poderia ir ao seu apartamento. Após algumas tentativas, finalmente ele atendeu:

— Martin, meu amor! Preciso lhe contar uma novidade. Neste fim de semana, minha mãe vai embora.

— Que ótima notícia, Jaqueline! Eu não disse para você ter paciência?

— É. Eu sei. Mas, você tem de concordar que, mesmo ela querendo o melhor para mim, acabou nos prejudicando, não acha?

— Mas, os pais sempre querem o melhor para os filhos. Tente se colocar no lugar dela.

— É verdade! E você? Onde está?

— Saí tarde do trabalho e estou comendo um lanche rápido naquela padaria perto de casa. É chato ter de chegar e desarrumar a cozinha só para comer algo. E ainda acaba ficando mais tarde ainda.

— Sempre correndo, hein, Martin? Que correria está sua vida nos últimos tempos, não é mesmo? Peça para o chefe pegar leve, principalmente na semana que vem.

— Vou tentar, Jaqueline, mas as coisas por aqui estão puxadas. Você mesma sabe que entrou gente nova na equipe, pois os acionistas querem que vendamos mais e mais. Assim, a cobrança está sendo grande.

— O que não consigo compreender é que Matheus, que trabalha com você, tem um horário mais tranquilo. Sei pela Suzana que ele várias vezes tem voltado cedo para casa.

— Pedi para o meu gerente me deixar fazer alguns cursos de aprimoramento e ele consentiu. Matheus tem vendido mais e estou percebendo que estou ficando em desvantagem.

— Quer dizer que foi iniciativa sua? Todas estas noites que estive aqui sozinha você poderia ter ficado aqui comigo e pediu para o gerente que o deixasse fazer o curso?

— Sim, Jaqueline. É importante agarrarmos as oportunidades e pensarmos no futuro. Como sua mãe estava aí, foi mais um motivo para eu aproveitar essa chance.

— Mas, eu estava precisando de você! Será que você não pensa que poderia colocar seus anseios profissionais mais para a frente?

— Concordo, meu amor! Mas, eu estava me sentindo prejudicado e precisava mostrar para eles algum esforço, algum interesse.

— Não sei, Martin! Não acho que tenha sido legal. Eu aqui sufocada com minha mãe e precisando de você, e você atrás de coisas da empresa! Foi muito bom, nestas últimas semanas, que você, as poucas vezes me tirou de casa e fomos ao cinema ou jantar.

— Tudo bem, Jaqueline. Se você acha que estou errado, desculpe. Da próxima vez comento com antecedência as minhas ideias. Tudo bem assim?

— Quero saber como estão seus horários na semana que vem. Já estão comprometidos?

— Sim, mas vou tentar mudar, meu amor, fique tranquila. Se há alguns dias, eu tivesse a certeza de que sua mãe iria embora, planejaria esse aperfeiçoamento profissional mais para a frente.

— Quer dizer que você ficou arrumando compromissos por causa da minha mãe? Você viu o que me disse?

— Calma, Jaqueline. Você mesma sabe que com sua mãe aí as coisas ficaram difíceis e, por outro lado, sempre me senti mal ao encará-la depois que ela soube que eu dormia aí!

— Isso não é justificativa, Martin! Você tinha de pensar no meu bem-estar, independente da minha mãe.

O casal continuou a discutir o assunto. Enquanto Martin contemporizava, minimizando sua decisão, Jaqueline, muito descontente e enfurecida, argumentava. O rapaz, sabendo da problemática dela, tentava falar com tato e de forma calma, mostrando seu ponto de vista. Depois de uma longa discussão, eles encerraram o assunto e combinaram de se ver no fim de semana.

Após desligar o telefone, Martin sentiu grande remorso por ter mentido para Jaqueline dizendo estar em treinamentos noturnos, pois jamais tivera conversa sobre esse assunto com seu gerente. Havia um trato com Matheus, que se fosse questionado, ele contrariamente corroboraria com aquela ideia para ajudar o amigo. O que na verdade aconteceu era que o rapaz estava saturado da presença da sogra e do gênio obsessivo da namorada, então, inventou uma boa desculpa para ir com menos frequência à casa de Jaqueline.

Capítulo 31

Decisão

Na semana subsequente, Dona Wilma já havia deixado o apartamento da filha, e Martin fez questão de melhorar sua imagem, assim, marcou presença todas as noites. Mentiu para Jaqueline dizendo que havia cancelado o treinamento para estar ali presente. O fato é que não existia programação de treinamento algum para aquele período.

Os dias correram muito bem, e sem a figura da sogra tudo pareceu melhorar. Jaqueline demonstrava estar praticamente normal, com semblante feliz e se mostrando apaixonada por Martin, que, por sua vez, sentia-se novamente como no começo do namoro, quando o entrosamento com a jovem moça parecia perfeito.

Em um fim de semana, os dois casais reuniram-se no apartamento de Matheus para celebrarem a melhora de Jaqueline. Na verdade, Martin intimamente brindava a reconquista da sua privacidade, que significava a ausência da sogra. Logicamente, ele não poderia revelar seus pensamentos para ninguém, mas no momento do "Tim-tim" durante o jantar pensou nisso.

E, daquela vez, o casal Matheus e Suzana, que estava muito envolvido no Centro Espírita Obreiros da Nova Era, abordou o assunto de uma iminente visita de Jaqueline por lá, pois dias antes tiveram um sonho recorrente com Dona Lourdes, que dizia que eles deveriam insistir para que a jovem moça fosse conhecer o abençoado local.

— Jaqueline, minha amiga! Agora que você está novamente sozinha, reiteramos o convite para que compareça ao nosso costumeiro local às terças-feiras. Volto a dizer que Octávio, nosso amigo de lá, quer conhecê-la — disse Suzana.

— Vou confessar uma coisa a vocês, meus amigos! E para você também, Martin. Nos meus piores momentos, há algumas semanas, quando eu pensava em ficar somente deitada na cama, um dia, ao acordar, fiz uma promessa a Deus que se eu melhorasse, iria visitar o local de que tanto falam.

Os três ficaram surpresos com as palavras de Jaqueline. Sua melhor amiga emendou:

— Eis a oportunidade de você ir conosco na próxima terça-feira. Podemos combinar de irmos juntos?

— Claro — respondeu Martin antes que a namorada dissesse algo. — Confesso que estou tão feliz quanto vocês por essa notícia. Faz muito tempo que não vou lá! Que maravilha, Jaqueline.

— Calma, pessoal. Não sei ainda! Disse que fiz uma promessa, agora para cumpri-la será outra história. E, além disso, quando eu for, logicamente que minha mãe não precisará saber dessa minha decisão.

Todos emudeceram por alguns momentos. O primeiro impacto pela fala da jovem moça tinha sido positivo, porém, por breves instantes estavam reticentes se ela iria ou não. Rapidamente, Suzana quebrou o silêncio e disse:

— Em relação à sua mãe, não se preocupe, amiga.

— Não é só isso. Você sabe. Tenho um pouco de medo dessas coisas. Não sei se é pelo meu estado ou se são coisas da minha cabeça.

— Tire essas ideias da cabeça, Jaqueline. Vá conosco. Como você tem uma formação católica, reze desde o momento em que sair de casa, isso irá lhe fazer muito bem. A prece, quando feita com a verdadeira fé, atrai coisas boas. Acredite.

Jaqueline emudeceu e pela sua fisionomia parecia concordar com o que a amiga dizia. Os rapazes continuaram a argumentar de forma muito tranquila com palavras e frases similares.

Enquanto isso, uma cena invisível aos olhos de todos que ali estavam começou a se desenhar: Dona Lourdes surgiu trazida por um feixe de luz branca. Estava acompanhada de outras duas senhoras. As três chegaram perto da jovem indecisa, com fisionomia de muita paz, e estenderam as mãos em direção à sua cabeça. Fizeram uma breve prece e ali permaneceram em silêncio aguardando as próximas falas dos encarnados.

— Antes de eu ficar nesse estado, eu já estava abrindo minha mente para essa possibilidade, porém, depois de alguns dias fiquei mal, minha mãe acabou ficando em minha casa e eu achei que aquele não era o momento oportuno para isso — disse Jaqueline para todos. Depois, continuou: — Percebo a fisionomia de vocês quando tocam no assunto. Há algo que não consigo explicar.

Jaqueline fez uma ligeira pausa e prosseguiu:

— Bem, está bem! Na próxima terça-feira estarei com vocês. Está combinado!

Os três quase entraram em estado de euforia ao ouvir aquelas palavras de Jaqueline. A melhor amiga emendou:

— Não acredito, Jaqueline! Sério mesmo? Você não vai voltar atrás, né? Prometeu, terá de cumprir!

— Fique tranquila, amiga. Dou minha palavra.

Aquela reunião deixou Suzana e os rapazes muito felizes. Eles ainda continuaram a conversar sobre outros assuntos e prosseguiram noite adentro com muita animação. Jaqueline mostrou-se praticamente a mesma, antes da última crise: interagindo com todos, muito sorridente, feliz e participativa. As entidades invisíveis, aos olhos de todos que ali estavam, agradeceram a Deus pelo momento mágico e se retiraram felizes do ambiente.

Capítulo 32

Muita paz

Era chegado, enfim, o momento de mais uma noite de palestra no Centro Espírita Obreiros da Nova Era. Uma ocasião especial para os dois casais ali presentes, pois era a primeira vez que Jaqueline estava naquele abençoado local. Sensação de paz e alegria tomou conta de sua alma, assim que ela entrou.

Os olhos da jovem mostravam brilho diferenciado, e ela havia sido muito bem acolhida por todas as pessoas de lá. O semblante dos frequentadores denunciava muita ternura e presteza, e os olhares em sua direção eram acolhedores. Depois de acomodada pelos amigos com toda a tranquilidade, em um bom lugar do aconchegante auditório, Martin, que estava ao seu lado, mostrou-lhe Octávio, que estava se preparando para falar.

O ilustre palestrante logo percebeu a presença da jovem e fez questão de se aproximar e cumprimentar os quatro amigos. Após as saudações e apresentações, disse brevemente:

— Estamos muitos felizes por você estar presente, Jaqueline! Mantenha seus pensamentos elevados e procure tirar proveito das palavras desta noite.

A jovem respondeu com um sincero sorriso, e rapidamente Octávio pediu licença e se posicionou para iniciar a palestra. Nesse ínterim, ela meditou intimamente sobre qual seria o motivo do simpático senhor ter dito a frase no plural. O que ocorria naquele momento é que as entidades invisíveis aos olhos de todos estavam ali presentes e felizes com a presença de Jaqueline. Dona Lourdes permaneceu sorridente ao lado de outros Espíritos de Luz. Quando Octávio falou a respeito da felicidade pela presença da moça, colocou a frase no plural por ver tais entidades e delas receber o recado a ser passado para a mais nova visitante da casa.

Igual às vezes anteriores, depois das vibrações iniciais, todos já estavam no mais absoluto silêncio e atentos à fala do palestrante.

— Caríssimos irmãos em Deus, o Pai da Vida. É com enorme e inenarrável prazer que mais uma vez aqui estamos para estudarmos os ensinamentos com que os Benfeitores Espirituais nos brindam semanalmente. E, nesta noite prazerosa, traremos uma experiência vivida pelo nosso saudoso irmão Chico Xavier. Em um dia de julho do ano de 1948, Chico conversava com outros confrades espíritas sobre os trabalhos do aperfeiçoamento da alma, quando a conversa deu lugar a uma prece conjunta e, manifestando-se por meio da mediunidade de Chico, José Grosso, alegre companheiro desencarnado, dedicou a todos os presentes uma receita.

— Mas, antes de falarmos dessa receita de nosso irmão da Espiritualidade, vamos lembrar que em uma receita de bolo caseiro misturamos os ingredientes na medida certa e como produto final temos um bonito e saboroso bolo. Mas, se errarmos, se faltar algum ingrediente, se não usarmos a medida certa, ou ainda, se o cozimento estiver incorreto, o resultado será um bolo de gosto no mínimo duvidoso.

—Pois é, caros amigos, e nós que somos espíritos viajantes no tempo de nossas jornadas evolutivas, invariavelmente buscamos a receita para a felicidade. No campo profissional, financeiro, pessoal, com viagem, carro, filhos formados... Mas, e a busca pela felicidade moral?

Octávio fez uma pequena pausa e observou a fisionomia de todos os ouvintes. Os jovens ali presentes mostravam um semblante de muita felicidade. Ele, então, continuou:

— Nós não encontraremos a tão almejada felicidade nos bens materiais, mas sim nos bens espirituais: no respeito pela vida, pelo nosso irmão, pelo Pai e suas Leis Divinas; na caridade como forma de nos colocarmos na posição do outro, sejam quais forem as circunstâncias que nosso irmão se encontre; na paciência, por entendermos que todos têm o mesmo direito ao erro e ao acerto; no estudo, a fim de que possamos cada vez mais absorver os ensinamentos que a Espiritualidade nos traz; na gentileza dispensada a todos e a quantos cruzarem nossos caminhos; na sinceridade em nossa palavra, desde que ela não sirva de desculpa para ferir; no perdão para com aqueles que ainda estagiam nos caminhos da dúvida, da incerteza, do erro; na paz, semeada e cultivada no coração e na consciência; na fé, por meio da confiança calcada no raciocínio a fim de que não nos percamos nos caminhos dogmáticos religiosos, e, finalmente, no amor ao próximo, ao companheiro de viagem que trilha seus caminhos pela mesma estrada que ora caminhamos. Se qualquer um desses itens faltar em nossa receita, nosso bolo, o bolo de nossa vida não ficará bom! E para que possamos nos corrigir, vejamos a receita que o Espírito Amigo José Grosso nos oferece:

> ***Receita para melhorar***
>
> *Dez gramas de juízo na cabeça: em todas as nossas atitudes, pensar antes de agir para que não incorramos em erros difíceis de serem corrigidos após já praticados.*
>
> *Serenidade na mente: a paz nos nossos pensamentos deve ser cultuada a todo instante, pois o homem é o que pensa e seus pensamentos acabarão por serem talhados na pedra que apenas o tempo poderá apagar.*
>
> *Equilíbrio nos raciocínios: evitarmos a censura, a crítica e o azedume todas as vezes que emitirmos uma opinião sobre nossos irmãos.*
>
> *Elevação nos sentimentos: devemos em todos os instantes alimentarmos nossos melhores sentimentos*

de amor, paz, fraternidade, justiça e deixarmos passar fome nossos maus sentimentos.

Pureza nos olhos: ao vermos irmãos vagando pelas ruas sem um teto, vestidos com roupas rasgadas e sujas, vemos alguém maltrapilho e malcheiroso, um pedinte inconveniente, um pária da sociedade ou vemos um irmão que talvez não tenha tido as mesmas oportunidades que tivemos, ou, mesmo que as tenha tido, não soube aproveitá-las e hoje vaga pelas ruas à sorte de todas as intempéries climáticas e sociais? Somos o que nossos olhos veem.

Vigilância nos ouvidos: da mesma maneira que somos responsáveis pelo que nossos olhos veem, também o somos pelo que nossos ouvidos ouvem. Conta uma estória que, certa feita, um discípulo de Sócrates o procura e diz-lhe que tinha algo a contar sobre alguém. Imediatamente o Mestre pergunta ao discípulo se o que ele iria contar-lhe havia passado pelo crivo das três peneiras. O rapaz, intrigado, diz não conhecer nada sobre as três peneiras, ao que o Mestre da Grécia Antiga esclarece: sim, as peneiras da verdade, bondade e necessidade. O que você deseja me contar passou pela primeira peneira, a da verdade? Isto que você vai dizer é realmente verdade, você viu acontecer ou apenas ouviu de outro que ouviu de outro mais ainda? Se não for verdade, esqueça, não me conte, mas se for, ainda precisará passar pela peneira da bondade. O que você quer dizer será bom para mim, para você, para a pessoa de quem você irá falar, será bom para a humanidade? Se não for bom para qualquer um de nós, não me conte, mas se houver bondade em sua fala, ainda assim deverá passar pela terceira e derradeira peneira. A sua fala sobre nosso irmão é necessária? Trará algum benefício para nós ou para a humanidade em geral? Ajudará nosso irmão do qual você deseja falar? Se o que você quer dizer passar pelas peneiras, conte. Tanto eu, como você e nosso irmão nos beneficiaremos com o contado, caso contrário, se não passou por qualquer das três peneiras, então esqueça e enterre tudo.

Lubrificador na cerviz: devemos buscar ideias novas e melhores a fim de contribuirmos por uma sociedade mais humana, justa e fraterna.

Interruptor na língua: quantas vezes perdemos a oportunidade de ficarmos calados, talvez porque desconhecemos a força que nossas palavras têm. Assim como uma palavra constrói, eleva, consola, educa, ela também destrói, derruba, desorienta, leva ao erro. Devemos aprender a falar menos e ouvir mais, lembrando sempre que além do silêncio ser uma prece, evita males difíceis de serem corrigidos.

Amor no coração: irmãos, somos filhos do Pai que é amor em sua totalidade. Este amor Divino encontra-se latente em nós, portanto, devemos exteriorizá-lo, doá-lo, dividi-lo com todos que estiverem em nossa vida. Muitas são as oportunidades para que exercitemos o amor incondicional: no lar, no trabalho, na rua, no lazer, no templo religioso, em qualquer lugar onde estivermos.

Serviço útil e incessante nos braços: assim como nosso trabalho assalariado, temos inúmeras e gratas oportunidades e lugares onde possamos trabalhar pelo bem coletivo. Em nosso mundo ainda impera o sofrimento, a dor, a lágrima, a tristeza, portanto, não cerremos nossos olhos aos descaminhos que a vida impõe a nossos irmãos, achando que não fazemos ou que somos seres à parte de todo este sofrimento.

Simplicidade no estômago: embora o Mestre tenha nos dito que o que mata o homem não é o que entra por sua boca, mas o que sai dela, não devemos nos deixar levar pelos vícios e descaso para com nosso corpo material, templo divino que abriga nosso espírito.

Boa direção nos pés: aprendamos a caminhar com Jesus, não o Jesus aprisionado nos templos religiosos, mas o Jesus na rua, no trabalho, na escola, no lar e qualquer lugar onde estejamos. Falamos e estudamos muito o Mestre, mas o deixamos aprisionado na igreja, no templo, no centro espírita e quando saímos por suas portas O deixamos para trás. Faz-se imperioso trazermos o Mestre o tempo todo junto de nós, em nosso caminhar, falar, ouvir, trabalhar e amar. E, se alguns de nós ainda têm alguma dúvida sobre a grandeza do Espírito Jesus, lembremos que quando a Terra, planeta que ora habitamos, foi gerada através do Hálito Divino, há cerca de quatro bilhões e meio de anos, Ele, o mestre dos mestres, já se encontrava na posição de Governador Planetário de nosso Orbe.

— E, finalmente, José Grosso encerra sua ***Receita para melhorar***, recomendando o uso diário de todos os ingredientes em temperatura de boa vontade.

—Queridos, e amados irmãos, a receita está aí. A hora é chegada, não ontem nem amanhã, mas agora, hoje, neste momento. Deus nada poderá fazer por nós se estivermos de braços cruzados. Já perdemos muito tempo e, como trabalhadores da última hora, da vinha do Senhor, receberemos nosso pagamento se trabalharmos com humildade e afinco, na Seara do Mestre. Deus ajuda a quem se ajuda também, empurra-nos adiante quando decidimos andar, abre as portas quando batemos nela, promove nossa saúde quando adotamos posturas saudáveis, traz o trabalho quando nossos braços estão dispostos a trabalhar e, finalmente, traz-nos o amor quando aprendemos a amar. O Cristo não pediu muita coisa, não exigiu que escalássemos o Everest ou fizéssemos grandes sacrifícios. Ele só pediu que nos amássemos uns aos outros.

—Muita paz a todos.

Após o encerramento da palestra, Martin fez sinal para que Jaqueline permanecesse sentada, pois, em breve, todos os que estavam sentados seriam chamados em pequenos grupos para receberem os passes. Ela permaneceu com brilho diferenciado nos olhos e com o semblante muito feliz obedeceu ao que o namorado havia lhe sugerido.

Em poucos instantes, tanto ela quanto os outros três foram chamados e entraram em uma sala mais escura, iluminada com lâmpadas de baixa voltagem, na cor azul. Cada um dos presentes sentou-se em uma cadeira e foi recebido carinhosamente por um colaborador do abençoado local. Foi solicitado que elevassem os pensamentos e permanecessem orando.

Depois dos passes, os casais ficaram do lado de fora e aguardaram o movimento da casa diminuir para poderem dialogar tranquilamente com Octávio. Considerando que o ilustre palestrante era muito querido e requisitado, sempre havia quem o procurasse esperando pacientemente sua vez de falar. E assim também foi com os quatro jovens.

Jaqueline observava atentamente o movimento da casa, os diálogos das pessoas, os detalhes da decoração e tudo o mais. Pensava que deveria ter ido àquele local antes, pois havia sentido enorme bem-estar durante sua permanência ali. Ficou encantada com todas as palavras repletas de ensinamentos, ditas pelo ilustre palestrante. Enquanto aguardava sua vez de falar com Octávio, questionava-se em pensamento: "Meu Deus, que local maravilhoso! Por que não vim antes? O que estou sentindo é algo sem igual. Não sei explicar! Obrigada, meu Deus!".

Passados alguns minutos, o simpático senhor se viu sozinho com os quatro jovens no aconchegante auditório. Tamanha era a alegria dele que seus olhos denunciavam emoção ao conversar com mais calma com a jovem Jaqueline.

— Sei que está feliz, minha querida Jaqueline! Garanto para você que todos nós estamos.

— Minha aparência denuncia isso, não é mesmo, Sr. Octávio?

— Também, mas meus amigos invisíveis me assopram que o que você está sentindo é algo raro, nunca sentido antes.

— Meu Deus! É isso mesmo!

— Nossos colaboradores espirituais, que desde os preparativos para essa noite estão aqui presentes, conseguem captar seus pensamentos e transmiti-los para mim. Sinto-me realmente feliz por tê-la aqui conosco. Esperamos que repita esse gesto por inúmeras vezes.

— Voltarei, com certeza, Sr. Octávio. Devia ter vindo antes. Creio que se tivesse feito isso, teria evitado alguns sofrimentos.

— Não pense assim. Para tudo há o momento certo. Sabíamos que a Alta Espiritualidade queria que você viesse nos conhecer, e hoje chegou o dia.

— Apesar da minha formação católica, confesso que tudo aqui é lindo, e o trabalho que fazem é maravilhoso. Além disso, nunca desacreditei de nada daquilo que vocês pensam.

— Que beleza, minha querida. Sempre digo aos amigos que a crença é o que menos importa. Os atos de benevolência é que contam, independentemente de tudo isso.

Os cinco continuaram a conversar por vários minutos até que uma simpática senhora, responsável pelo fechamento do centro, disse a Octávio que se ele quisesse ficar por lá para continuar a conversa, que ficasse à vontade, mas ela teria de trancar o local e fechar as portas e janelas. E assim, todos aproveitaram a situação e se despediram calorosamente do ilustre palestrante, que lhes disse esperar revê-los em breve.

Capítulo 33

Onze meses depois de os casais se conhecerem

Em uma tarde de sexta-feira, o gerente Rodrigues marcou um *happy hour* com os cinco funcionários, pois, desde que a equipe ganhara nova integrante ele havia prometido que faria isso como uma espécie de boas-vindas. Já havia passado algum tempo da sua chegada e até, então, não houvera a tal oportunidade, pois sempre alguém da equipe não podia. Mas, naquele dia, todos concordaram com o evento, principalmente Matheus e Martin, que tiveram o aval das namoradas que, coincidentemente, também tinham um evento similar na empresa onde trabalhavam.

Os funcionários da empresa de seguros estavam acomodados em uma aconchegante mesa de seis lugares e todos consentiram que Raquel, a única mulher ali presente, ocupasse um lugar bem ao centro da mesa para que pudesse interagir com eles.

Rapidamente, eles começaram com animadas conversas acompanhadas de petiscos e cervejas. Conforme os minutos avançavam, as pessoas ali presentes falavam ainda mais alto, fazendo piadas e mudando de comportamento. Um momento de descontração, em que todos brindavam à mais recente aquisição da empresa: Raquel.

— Façamos um brinde, então, à nossa mais nova integrante da equipe. Ao sucesso de Raquel. Viva! — disse Rodrigues.

Todos levantaram os copos para brindar e continuaram a descontraída conversa. Já havia algumas semanas que Rodrigues, o gerente da equipe, estava se engraçando com a linda moça e, naquele encontro, não havia sido diferente: aproveitando a ocasião, o senhor tentava de todas as formas chamar a atenção dela, mostrar-se divertido e simpático.

Aos poucos, os presentes tornavam-se mais sorridentes, risonhos e descontraídos devido ao efeito produzido pelas bebidas alcoólicas que ingeriam vagarosamente. Tanto Rodrigues quanto Martin faziam piadas e tentavam arrancar divertidas gargalhadas de Raquel, que correspondia aos dois.

De repente, apareceram por ali Jaqueline, Suzana e outras duas garotas que também decidiram fazer um *happy hour* naquele fim de tarde. Colegas da mesma empresa acabaram escolhendo, sem saber, o mesmo lugar onde estavam os integrantes da empresa de seguros.

Suzana e Jaqueline surpreenderam-se ao ver os namorados naquele lugar. As duas, juntamente com as colegas, foram cumprimentar os moços e os demais companheiros de trabalho. Elas pretendiam se acomodar separadamente, mas Rodrigues falou:

— Meninas, por que não juntam uma mesa e ficamos todos juntos? Será um prazer tê-las conosco.

Tanto Martin quanto Matheus endossaram a frase do gerente. Em seguida, Raquel também fez a mesma insistência para as garotas que estavam sozinhas:

— Que coincidência, minhas queridas! Vocês são uma graça. Acho bom não fazerem essa desfeita com seus namorados! Fiquem conosco. Vamos, acomodem-se. A gente pede ajuda do garçom para juntar nossa mesa com aquela ali.

Jaqueline consentiu com o pedido, fez um sinal de questionamento com a cabeça para as três amigas que prontamente concordaram, mas antes de sentar fez questão de dar uma alfinetada no namorado.

— Sabe, Raquel, até pensei em deixá-los à vontade, pois notei que todos estão bem, e Martin nem estava sentindo minha falta, tamanha sua alegria!

Martin prontamente respondeu entre sorrisos descontraídos:

— Não tenho culpa, meu amor, que vocês entraram aqui bem na hora que Rodrigues contava uma piada.

— Não me ponha no rolo — falou Rodrigues, gargalhando.

Raquel logo se enturmou com as meninas da outra empresa e com todos. Tentando quebrar o início do clima de desconforto entre o casal, disse:

— Vamos chamar o garçom. O que vocês querem tomar? Vou pedir o cardápio para verem as opções de petiscos.

Os dois grupos interagiram muito bem e aquele evento serviu para que Jaqueline conhecesse Raquel, de quem, até então, só tinha informações por comentários informais dos rapazes. O encontro durou pouco mais de uma hora, e as pessoas que mais falavam naquela mesa eram Raquel, Rodrigues e Suzana.

Terminado o encontro, cada um seguiu seu rumo. Suzana e Matheus foram embora felizes e de bem com a vida, pois fazia tempo que não se divertiam tanto. Já no apartamento, ela comentou com o namorado:

— Adorei ter conhecido seu gerente, Matheus. O Rodrigues é muito divertido. Enfim, todos os seus colegas são legais.

— Somos uma equipe bem entrosada, meu amor. E a novata Raquel também se entrosou bem com a gente.

— Bonita moça, hein, Matheus? E também se mostrou simpática conosco.

— Ela é bem extrovertida. Entrou na empresa há alguns meses e já está na liderança. Vende muito! Também pudera, trouxe os clientes de onde trabalhava.

— Talvez esse tenha sido o principal motivo de sua contratação.

— Você está certa. É assim que funciona. Tenho certeza de que Rodrigues levou isso em conta mais do que tudo.

— Nesse ramo é preciso experiência, traquejo, e a aparência conta bastante. É algo a mais, e a gente sabe disso!

— É verdade, meu amor. Que bom que gostou do pessoal e se descontraiu um pouco. Se tivéssemos combinado, não seria tão bom.

Enquanto isso, o outro casal, já no apartamento de Jaqueline, discutia de forma tensa:

— Eu vi muito bem, Martin, como você estava todo cheio de graça para cima daquela moça no momento em que chegamos.

— Imagine, Jaqueline! Tanto eu quanto o gerente Rodrigues estávamos rindo de forma mais descontraída da piada que ele acabara de contar bem no momento em que vocês chegaram. Foi isso. Pode perguntar se Suzana achou algo de errado no meu comportamento.

— Vocês, homens, são todos iguais. Não podem ver uma mulher bonita que se enchem todo. Mas, como foi bom acontecer isso, pois assim eu começo a conhecê-lo melhor.

— Não fale assim comigo, Jaqueline. Você está alterada.

— Tenho certeza de que se fosse alguém de bem mais idade ou com uma aparência não atraente, vocês não estariam se comportando daquele jeito. Imagine no dia a dia, um lugar com uma bonitona daquela, um gerente e mais quatro homens na equipe. Deve ser uma festa.

— Você está delirando, Jaqueline. Não tem nada a ver!

— E tem mais, sei que ela entrou na empresa bem na época que eu tive aquela crise, e minha mãe esteve em casa por quase dois meses, não é mesmo? Quem me garante que vocês não estiveram juntos naquele falso curso que você diz ter feito? Você mentiu para mim, Martin? Sei que não existiu curso algum, pois na hora que Raquel conversava conosco arranquei-lhe isso nas entrelinhas. Ela disse que a empresa não investe em treinamentos há mais de um ano.

Martin emudeceu. Uma pequena mentira de um passado recente acabava de vir à tona. Estava sem saída, então resolveu ser sincero:

— Errei, Jaqueline. Perdoe-me. Não aguentava mais a presença de sua mãe e inventei o curso para não precisar vir aqui todas as noites. A meia verdade é que eu me estendia no trabalho e ficava até tarde adiantando o serviço.

— Não acredito que você tenha feito isso! E na época, até comentei que precisava de você ao meu lado. Lamentável! Como posso confiar em você? Eu não acredito em mais nenhuma palavra do que me disser. Você deve estar vidrado nessa moça e tendo algo com ela.

— Eu juro que não, meu amor. Meu único erro foi não ter tolerado sua mãe depois de um mês. Veja que por semanas eu engoli muito sapo e fiquei ao seu lado. Depois que vi que estava realmente melhor, senti necessidade de respirar. Desculpe mais uma vez pela mentira, mas não aguentava mais. Além disso, você já estava bem, e sua mãe não queria ir embora!

— Isso não justifica! Tem algo a mais aí.

Jaqueline estava decepcionada e não queria mais conversar com Martin. Ele ainda insistiu para que ela perdoasse seu recente erro, mas ela não deu o braço a torcer. "Colocou na cabeça" que o namorado estava de caso com a bela Raquel. Por temer que toda a problemática da namorada voltasse à tona, ele tentou falar calmamente.

— Coloque-se em meu lugar, Jaqueline. Você mesma disse que sua mãe sufocava a gente e queria mais privacidade. Nós não conseguíamos ter nossos momentos, e como eu sabia que você já tinha melhorado bastante, eu ficava no escritório sozinho. Eu sabia que uma hora ela iria embora. Agora me diga uma coisa: Por que eu estaria com a Raquel se é de você que gosto?

– Eu vi como vocês estavam de gracejos no momento em que cheguei. Não sou boba.

– Estávamos em um ambiente festivo. E outra coisa, Rodrigues é separado, e ela também. Se alguém da equipe deve se envolver com ela que seja ele. Torço para que sejam felizes.

O casal ficou por muito tempo discutindo o assunto, e Martin continuou cauteloso, com receio de que Jaqueline tivesse alguma recaída. Ele se surpreendeu, pois, apesar de ela estar descontente, mostrava equilíbrio, apesar do ódio. Naquela noite, já haviam combinado que ele iria dormir por lá, porém a jovem pediu-lhe que fosse dormir em sua casa, pois não havia clima algum para ficarem juntos.

– Nem pense em ficar aqui hoje. Chega de conversa!

– Mas, Jaqueline! Havíamos combinado de ficarmos juntos. Por favor. Já tentei me explicar diversas vezes.

– Não, Martin. Quero ficar sozinha. Eu que lhe peço, por favor!

Não adiantaram as insistências por parte de Martin. Jaqueline estava decidida a ficar sozinha naquela noite. Esperou Martin ir embora, ligou para

Suzana e contou o ocorrido. A amiga tentou colocar panos quentes e dizer que sua atitude havia sido radical demais. Falou que sempre percebeu a preocupação e a dedicação do rapaz nos momentos mais difíceis. Tentou alertá-la dizendo que se começasse a ter aquele tipo de comportamento acabaria perdendo o rapaz. Desta vez, a amiga deu ouvidos a Suzana, ponderando suas palavras e indo dormir um pouco mais tranquila em relação à atitude de Martin, porém, com a consciência ligeiramente pesada. Pressentiu que exagerara na dose.

Capítulo 34

Reconciliação

Naquela mesma noite, Martin, em casa, já começava a meditar profundamente sobre o que havia ocorrido. Pensou em ter uma conversa séria ao amanhecer e romper o namoro, pois imaginava que o gênio obsessivo de Jaqueline nunca iria mudar. Pelo contrário, vislumbrava que no futuro, com o passar do tempo, poderia piorar ainda mais. Aquela não era a vida que ele desejava ter nos anos vindouros.

O que o fazia titubear, entre um pensamento e outro, eram as consequências pelas quais a jovem Jaqueline passaria por se ver solteira. Por outro lado, não queria se sentir preso por esse motivo. Era um verdadeiro dilema que lhe passava na mente.

Martin deitou-se e adormeceu depois de ficar virando para um lado e para o outro por pelo menos quarenta minutos. Assim que entrou em profunda vigília, já estavam ao lado de sua cama duas entidades espirituais de muita luz que, carinhosamente, ajudaram-no a sair do corpo. Nos minutos seguintes, o jovem foi levado para o mesmo local que por vezes Octávio também era levado durante suas viagens astrais: lugar com formosas árvores, cercado de montanhas ao fundo e graciosas vielas que se iniciavam defronte a uma linda praça em formato circular. Ao chegar lá, o jovem foi recebido por Lourdes que, docemente, falou:

— Abençoado seja o sono do corpo físico que possibilita as venturas espirituais para todos os nossos irmãos em evolução. É com grande alegria que recebemos sua visita.

— Aqui tudo é muito formoso, senhora. Creio que já estive aqui antes.

— Sem dúvida alguma, meu jovem. Eu mesma pedi aos meus superiores hierárquicos que você fosse trazido aqui neste belo jardim pertencente a uma morada de luz, para que pudesse ouvir um pouco as nossas palavras. E não é a primeira vez que faço isso.

Martin observou a senhora com atenção. Tudo o que presenciava naquele momento seria um sonho do qual iria se lembrar, parcialmente.

Alguns instantes depois, surgiram à sua frente os amigos Matheus, Suzana e Octávio, que também estavam desdobrados e acompanhados por colaboradores espirituais. Todos mostravam semblante feliz e tinham uma característica diferente dos demais: possuíam em seu entorno o cordão prateado, somente visto nos seres encarnados quando momentaneamente separados do corpo físico por razão do repouso do sono.

Após as saudações e os cumprimentos iniciais entre os encarnados e desencarnados ali presentes, a simpática senhora, acompanhada do já conhecido Rodolfo, disse:

— Primeiramente nós, habitantes de uma humilde morada de luz, estamos aqui para agradecê-los por levar nossa querida Jaqueline ao Centro Espírita Obreiros da Nova Era. Estamos realmente felizes. Queríamos muito que esse dia chegasse, e fomos agraciados com isso. Depois da primeira vez em que ela esteve presente na iluminada casa de caridade, percebemos que esse ato se repetiu outras vezes.

Foi com um semblante feliz que os presentes olharam Dona Lourdes, que continuou:

— Gostaríamos que continuassem a fazer isso sempre que possível. Não deixe que ela se disperse. O contato dela com a abençoada casa vai lhe dar coragem para que enfrente os percalços vindouros.

Os presentes olharam a simpática senhora com olhar de dúvida pelas últimas palavras. Ela prosseguiu:

— Apesar de todas as reencarnações terem suas linhas mestras definidas com antecedência, somente pelo livre-arbítrio de cada irmão é que essas vidas são realmente direcionadas. Não cabe, por ora, discorrer sobre a missão de Jaqueline, mas o que quero dizer é que independentemente dos débitos de vidas anteriores da nossa irmã, temos de nos esforçar ao máximo para lhe dar amparo, sabedoria e coragem para que enfrente seu dia a dia. O que lhes peço, meus queridos, é que a influenciem sempre para o bem, para que o seu livre-arbítrio seja direcionado sempre para o lado da luz. É somente isso o que pedimos.

Martin mostrou brilho diferenciado nos olhos, e Dona Lourdes lhe dirigiu o olhar, continuando:

– Querido, Martin. Tenha paciência com ela e a perdoe se achar que ela está errada e você certo.

As entidades espirituais ali presentes sabiam que as palavras ouvidas não ficariam gravadas de forma clara para os encarnados ali presentes. Ficariam apenas registradas na mente deles como uma espécie de intuição, tal qual temos no nosso cotidiano, e aparentemente não encontramos explicações.

O lindo palco do sonho de todos permaneceu com os personagens por mais algumas dezenas de minutos, e Lourdes e Rodolfo continuaram a dosar boas palavras e bons pensamentos aos presentes.

Ao despertar, Martin acordou com ideias diferentes de quando foi dormir. Pensava intimamente em deixar para lá o que havia ocorrido na noite anterior e tentar de todas as formas se reaproximar de Jaqueline.

E assim foi feito. O rapaz preferiu não ligar, mas ir pessoalmente ao apartamento da namorada com um lindo buquê de flores acompanhado por um cartão. Só que daquela vez o jovem preferiu não abrir a porta principal como de costume, por possuir as chaves. Tocou a campainha em torno das nove horas da manhã. Jaqueline já estava acordada e ainda de camisola. Estranhou o toque da campainha, sem aviso do porteiro do prédio, mas foi rapidamente em direção à porta. Ao olhar pelo olho mágico, reconheceu Martin.

Jaqueline abriu a porta, pois não resistiu à cena que vira segundos antes pelo olho mágico: o namorado com um grande e bonito buquê de flores. Ao vê-lo, notou que seus olhos estavam marejados e resolveu perdoá-lo dando-lhe um longo e carinhoso abraço seguido de muitos beijos.

Não foram necessárias muitas palavras para que o casal se acertasse. Com uma pequena ajuda das entidades invisíveis, tudo entre eles voltou à normalidade. Apesar do ocorrido, Jaqueline parecia ter despertado bem, mesmo sem ter estado ao lado de Martin naquela noite. Aquilo tudo serviu para mostrar a ele, dentre outras coisas, que o último tratamento feito por Jaqueline parecia ter sido eficaz.

Capítulo 35

Fúria

Nos dias subsequentes, o casal Martin e Jaqueline mostrava entendimento. Os únicos percalços eram que enquanto a moça, às vezes, fazia alguns comentários ciumentos por saber que uma bonita mulher estava na mesma equipe do namorado, ele sempre colocava panos quentes e mostrava uma paciência descomunal. Uma noite, eles conversavam sobre assuntos da empresa...

— Preciso lhe contar, ontem meu gerente me ofereceu um smartphone a preço de custo, pois tem um amigo dele que chegou de Miami com dois aparelhos novos e pretende vendê-los. Comprou lá em uma superpromoção na verdadeira *Black Friday*.

— Que legal! Se for um bom preço é de se pensar.

— Acho que sim, pois ele me disse que o rapaz trouxe para ele e para a esposa, porém ambos ganharam aparelhos novos do sogro, como presente de aniversário de casamento.

— Você já estava falando que queria trocar o celular...

— Exatamente. Acho que vamos ficar com os aparelhos. Eu e o Rodrigues. Aí aproveito e faço uma média com o chefe que entende menos de tecnologia do que eu e o ajudo a configurar. Vou ter de fazer para mim e faço para ele também.

— Também não sou "expert" no assunto, mas pelo pouco que sei esses aparelhos devem estar desbloqueados.

— Sim, exatamente. É só colocar o chip da operadora e funcionará normalmente.

— Que bom. Então, você e o Rodrigues compram e depois você dá umas aulas para ele.

— Com certeza. Passo a passo para que ele possa entender bem, afinal, esse modelo é novo e pelo que sei não há ninguém da área que o tenha. Se algum funcionário já tivesse, seria mais fácil.

— De repente, se alguém tiver o mesmo modelo de alguma geração anterior, pode ajudar.

— Nem vou perguntar, pois assim eu dou uma estudada e consigo explicar para ele. Melhor.

— Isso é que é querer fazer média com o chefe, hein? — disse Jaqueline, sorrindo.

— É verdade! O bom é que Raquel, que está se engraçando com ele, possui um modelo de outro fabricante. Sorte minha, pois se fosse igual aos nossos futuros aparelhos ele teria uma conveniente professora.

— Sério mesmo que os dois estão de namoro?

— Ainda não, mas pelo que percebo estão caminhando. Fico feliz, pois eles estão solteiros e merecem ser felizes.

— Sim, mas uma coisa eu notei: você nem sabe qual é o celular dos rapazes, mas o dela você reparou, não é mesmo?

— Nada a ver, Jaqueline — falou Martin com tranquilidade. — Tive de prestar atenção, pois queria ter certeza de que era de outro fabricante. Foi de caso pensado. Fiz isso recentemente.

— Espero!

No dia seguinte, tanto Martin quanto Rodrigues adquiriram os smartphones. Durante parte do expediente e no horário de almoço, o jovem funcionário realizava todas as configurações necessárias e instalações de aplicativos úteis baixados pela internet, tanto para o aparelho dele quanto para o aparelho do gerente.

Naquela mesma noite, Martin devorou o pequeno manual e aprendeu várias funcionalidades para, no dia seguinte, mostrar ao chefe. Rapidamente, Rodrigues conseguiu aprender a fazer várias coisas, além de receber e efetuar chamadas telefônicas. E, logicamente, ficou muito grato com o funcionário pela dedicação e pelo empenho.

Passados alguns dias, Jaqueline e Martin conversavam novamente sobre o mesmo assunto:

— Acho que minha estratégia deu certo, Jaqueline. Ganhei pontos com o chefe.

— Que bom, Martin.

— Além do mais, aprendi coisas legais para usar no meu aparelho também. Veja: não é legal?

— Nossa, adorei! Tenho de trocar o meu também.

— Vou lhe dar um de presente no seu aniversário.

— É muito caro, Martin! Não precisa.

— Depois conversamos! Quando chegar perto da data retomamos o assunto.

Alguns dias depois, no fim do expediente, todos já tinham ido embora e Martin observava o gerente falando ao telefone. Como as mesas eram próximas e não havia mais ninguém no escritório, não era difícil ouvir a conversa e ouvir o assunto. Ele percebeu que o chefe estava ligando para uma floricultura e ordenando que fosse entregue um buquê de flores no apartamento de Raquel, acompanhado de um cartão que agradecia a bela moça pelo encontro da noite anterior. Martin resolveu não pronunciar uma só palavra, mas deduziu que o casal estivesse tendo um envolvimento amoroso.

Depois de terminada a ligação, o gerente, que já estava arrumando seus pertences para sair do ambiente da empresa, ao perceber que Martin também estava pronto para partir, disse:

— Sei que está indo embora, mas preciso de uma ajuda. Meu smartphone não mostra mais os meus contatos.

Martin, que já estava em pé, pronto para sair, trajando paletó e gravata e portando uma pasta com o notebook e outros papéis, disse:

– Deixe-me dar uma olhada!

– Não se preocupe, Martin. Amanhã você olha. Já está ficando tarde e você já estava indo embora.

Mal o gerente acabou de dizer aquilo, e Martin teclou alguns comandos do aparelho do chefe e disse:

– Creio que você deve ter apagado tudo de forma involuntária. Mas não se preocupe: depois que eu migrei seus contatos do antigo celular, sincronizei seu novo aparelho com meu notebook e os dados estão preservados. É só eu ligar o cabo e restaurar as informações.

– Nossa, Martin! Como fiz isso?

– Não se preocupe. O importante é voltarmos tudo. Os dados estão aqui em meu notebook, só que o cabo está em casa, ou melhor, no apartamento da minha namorada. Você por acaso está com o seu cabo aí?

– Poxa vida, Martin. Também deixei em casa!

– Eu poderia fazer isso amanhã logo cedo, porém temos reuniões o dia inteiro com clientes e empresas de seguros. O dia vai ser puxado.

— Tenho uma ideia. Você vai até o apartamento da sua namorada, não vai? Tem como você levar o aparelho contigo, sincronizar e amanhã trazer de volta? Tudo bem para você?

— Lógico! Mas, você vai conseguir ficar sem o aparelho?

— Só uma noite! Não tem problema. Além disso, estarei em casa e quem quiser me acha lá.

— Tem certeza?

— Sim. Fique tranquilo. Leve e tente restaurar as informações, por favor.

— Perfeitamente, chefe!

Martin seguiu para o apartamento de Jaqueline e pensou: "Ainda bem que a tela de fundo é diferente do meu, pois os aparelhos são idênticos".

Vinte minutos depois, Martin chegou ao apartamento da namorada, que naquele momento acabava de entrar no banho. Aproveitando aquele tempo, resolveu não perturbá-la, abriu o notebook em cima de uma pequena mesa que havia no quarto, que antes era ocupado por Suzana, pegou o cabo que estava guardado ali e rapidamente fez a sincronização dos dados. Tudo estava recuperado, e ele mesmo ficou aliviado pelo êxito da operação.

Em seguida, foi ao encontro de Jaqueline que, àquela altura, secava seus bonitos cabelos loiros. Deulhe um longo e apaixonado beijo e conversou rapidamente com ela.

— Meu amor, deixe-me tirar o terno e tomar um bom banho para ficar com você. Tudo bem?

— Lógico, meu bem! Como você mesmo sabe, a ducha do outro banheiro é melhor que essa. A Suzana gostava mais. Aproveite que a água está uma delícia depois que trocamos o aquecedor.

— Estou indo. Espere-me — falou com um olhar malicioso, que foi retribuído com um sorriso de igual proporção.

Enquanto Martin tomava banho, Jaqueline terminou de secar o cabelo. O smartphone de Rodrigues, que estava no quarto de Jaqueline, em cima da mesa, tocou insistentemente e nenhum dos dois ouviu. Martin, por causa do barulho do chuveiro, e Jaqueline, por causa do secador.

Durante o banho, Martin lembrou que esquecera o celular no carro, em cima do console e resmungou consigo mesmo, pois teria de descer para pegá-lo. Àquela altura, não pretendia mais sair de casa. Pensou silenciosamente: "Meu Deus. Como ficamos reféns desses aparelhos! Tenho de carregar a bateria. Assim que terminar o banho, vou buscá-lo".

Passados alguns minutos, Martin aprontou-se e achou estranho não ouvir mais nenhuma palavra da namorada. Geralmente, quando ocorriam situações em que os dois chegavam mais ou menos no mesmo horário, assim que terminavam o banho Jaqueline vinha e puxava assunto.

Na sala, ele percebeu que ela estava transtornada e tinha acabado de chorar. Estava com o smartphone de Rodrigues na mão e, praticamente, aos gritos falou:

– Tinha certeza de que você estava de caso com Raquel! Três ligações perdidas e um torpedo apaixonado. Você é muito sem-vergonha!

– Jaqueline, pelo amor de Deus! Acalme-se!

– Pare de falar assim meloso comigo! Seu cafajeste! Você não tem escrúpulo. Por isso, chegou tarde ontem! Agora não tenho mais dúvidas.

– Jaqueline, cheguei tarde porque o Rodrigues pediu um relatório semestral que deu muito trabalho. Eu estava no escritório, e você me ligou.

– É mentira! – gritou Jaqueline, chorando. – Eu liguei no celular e você poderia estar em qualquer lugar, menos lá. Como sou idiota!

– Acalme-se, Jaqueline, pelo amor de Deus. Deixe-me explicar. Calma!

– Não quero mais conversa com você. Saia! Vá embora daqui. Arrume suas coisas! Não quero vê-lo nunca mais!

– Esse smartphone é do Rodrigues, Jaqueline!

– É mentira! Cadê o seu? Mostre-me! Cadê o seu?

– Esqueci no carro! Esse é dele, trouxe porque ele perdeu seus contatos.

– Quanta mentira, meu Deus! Você está vendo o torpedo da sua queridinha: "Obrigada pela noite maravilhosa de ontem e pelas flores. Beijo, Raquel". Essa mania de mandar flores eu já conheço.

– O smartphone não é meu! Eu juro, meu bem!

– Já falei! Pare de falar assim meloso comigo! Não sou nenhum cristal que quebra. Seu cafajeste! Mulherengo! Saia da minha vida! Pode ficar com a sua queridinha e seja feliz com ela.

Martin insistiu na sua verdade, porém Jaqueline estava irredutível. Ele pensou em descer correndo até o carro, voltar e provar que aquele aparelho de fato não era seu. Viu que Jaqueline estava enfurecida e achou que se ele saísse, ela seria capaz de trancar a porta, e não deixá-lo entrar mais. Conhecia muito bem o gênio dela. Tentou então o mais óbvio:

– Ligue para o meu smartphone, Jaqueline. Vai ver que o aparelho não vai tocar. O meu está no carro. Pelo amor de Deus, faça isso!

Jaqueline continuou a esbravejar de forma irracional e completamente perturbada com a situação que vivenciava. Não deu ouvidos ao pedido de Martin, que continuou a insistir. Contudo, a jovem estava obscurecida pelo ódio mortal.

* * *

Enquanto isso, Rodrigues, no seu apartamento, conversava ao telefone com Raquel.

— Você me mata de susto, meu querido. Eu ligando e lhe passando torpedo e nada de você responder. Ainda bem que me ligou aqui em casa.

— Pois é, Raquel. Ainda não consigo mexer com aquele aparelho. Você acredita que baguncei tudo? Perdi meus contatos, desalinhei os ícones e fiz uma lambança. Então, pedi para o Martin me salvar. Ele levou o aparelho e amanhã logo cedo vai me trazer!

— Com o tempo você aprende a mexer, meu bem! Então, vou falar o recado que lhe mandei por torpedo — disse Raquel entre risos e sorrisos: — "Obrigada pela noite maravilhosa e também pelas flores". Por sinal, Rodrigues, você não precisava se preocupar.

— Imagine! Outro dia vi o Martin fazer isso para a namorada e confesso que ele me inspirou.

— Ah, tá! Copiando a ideia, né?

— Mais ou menos.

— Melhor preveni-lo que se estiver com o telefone ligado verá ligações perdidas e torpedos nossos.

— Não se preocupe! Ele só vai sincronizar os contatos e desligará o aparelho. De qualquer forma, ligarei assim que desligarmos. Quero saber se ele conseguiu recuperar os contatos.

Os dois continuaram a conversar por vários minutos e depois se despediram felizes. Estavam em um clima muito bom. Na noite anterior, haviam jantado juntos, e Rodrigues insistiu para que a formosa mulher aceitasse seu pedido de namoro. Ela ainda estava receosa e fazia o tipo difícil.

Assim que Rodrigues desligou o telefone, tentou ligar no celular de Martin que não atendia de forma alguma. Tocava várias vezes e caía na caixa postal. Ele insistiu por várias vezes até que teve a ideia de ligar para o seu próprio número.

* * *

— Ligue, Jaqueline! Vamos parar com essa idiotice. Você sabe meu número — falou Martin ligeiramente irritado com a atitude da namorada. Ele pegou o telefone sem fio e colocou na mão da jovem para que ela mesma ligasse.

A contragosto, ela digitou os nove números do namorado e naquele exato momento o smartphone de Rodrigues, que estava perto do casal, tocou, mostrando no visor a palavra "Casa", exatamente igual ao que seria se a chamada fosse feita do telefone fixo do apartamento de Jaqueline para o celular de Martin; afinal, o jovem considerava o apartamento da moça a sua casa.

Jaqueline se enfureceu de vez! Pegou o smartphone que imaginava ser de Martin e o atirou no chão com toda a força. Começou a chorar de forma copiosa e gritou para que Martin arrumasse suas coisas e sumisse. O jovem não conseguiu falar uma palavra sequer. Foi xingado e praticamente agredido. Naquele momento de fúria, ela pegou todos os objetos dele e começou a embolar dentro de uma mala que havia ali. Não queria saber de vê-lo nunca mais. Não havia palavras que pudessem acalmá-la. Ele praticamente saiu de lá feito um animal escorraçado e parecendo um indigente. Apenas conseguiu pegar seus pertences pessoais.

Completamente desorientado, portando o smartphone do chefe quebrado, teve a ideia de entregar no dia seguinte o seu aparelho no lugar, restaurando seus dados a partir do computador. Ao ver o visor sabia que a ligação que motivara a fúria de Jaqueline tinha sido do chefe, porém não foi possível explicar nada.

Jaqueline e Martin estavam separados.

Capítulo 36

Livre-arbítrio

Estava uma noite magnífica na morada onde Lourdes habitava. O céu apresentava luminosidade roxa e lilás e estava completamente cheio de estrelas. Não seria possível comparar a beleza daquele lugar a nada visto no planeta Terra. Tudo de uma formosura sem igual. As grandes árvores ali existentes, rodeadas por outros tipos de vegetação, possuíam luminosidade própria e faziam o deslumbrante ambiente lembrar um cenário prateado de lua cheia.

A simpática senhora recebeu por ali o carismático Rodolfo a fim de ouvir algumas considerações sobre a neta quando viveu sua última encarnação terrena:

– Minha querida Lourdes, temos reparado seu esforço nos últimos meses em relação à Jaqueline! Até eu a ajudei por algumas vezes.

– Estamos fazendo de tudo para aproximá-la de pessoas mais iluminadas, porém percebo que nosso esforço parece em vão.

– Não pense assim, Lourdes! Tudo o que você fez foi muito válido. É preciso esclarecer que Entidades em busca de Luz, feito nós, procuram fazer o trabalho influenciando os irmãos encarnados a trilharem melhores caminhos. Só que nem sempre as coisas por lá ocorrem do jeito que desejamos.

— Exatamente por isso fiz a observação anterior. Desculpe, Rodolfo, mas até nós, com uma visão diferenciada da vida, temos nossos momentos de fraqueza. Perdoe-me.

— Ora, Lourdes. Isso é perfeitamente compreensível. Já presenciei, por várias vezes, alguns dos chamados anjos da guarda dos irmãos de carne, seres que nada mais são do que entidades iguais a nós, queixarem-se pelas atitudes recorrentes dos habitantes do planeta azul, mesmo após um bom trabalho realizado.

— Jaqueline até chegou a frequentar o Centro Espírita Obreiros da Nova Era em cinco ocasiões, porém ela não vem assimilando os ensinamentos proferidos em palestras.

— Realmente, ela se preocupou mais com os passes. Até prestou atenção por essas ocasiões, porém não colocou tanto em prática as palavras ouvidas. Imagine, querida Lourdes, que poderia ser pior se ela não tivesse ido por algumas vezes. As entidades pertencentes às regiões obscuras não a têm molestado como em outras ocasiões.

— Pois é, Rodolfo. Mas, ela parece que está abrindo a guarda novamente. Ultimamente, vem apresentando pensamentos muito ruins e, apesar dos nossos esforços, pode atrair esses irmãos sofredores.

— Sabemos que há épocas em que os embates são mais efetivos, Lourdes. Mas, ela sofre com a Lei do Carma, minha querida. Lembre-se de que essa doença dela é uma consequência de um ato pretérito, e é para isso que nós atuamos, esclarecendo e orientando quando necessário.

— Eu sei, Rodolfo. Confesso que, por vezes, acabo me envolvendo emocionalmente com a situação por ter tido laços de carne com Jaqueline.

— Isso é natural, Lourdes. Sabemos que a doença mental de Jaqueline foi ocasionada pelos maus-tratos que ela praticou contra nossos irmãos menores quando viveu como Mafalda, na última encarnação. Ela judiava demais dos animais, achando que os pobres seres sequer possuíam alma. Depois, quando desencarnou, tomou consciência dos erros ao notar seu corpo perispiritual lesionado na região da cabeça.

— Exatamente, Rodolfo! Recordo-me do passado dela como Mafalda, e eu, na época, buscava forças para minhas missões de auxílio.

— A Lei da Ação e Reação é suprema, Lourdes. Sabemos que antes de Jaqueline reencarnar há pouco mais de duas décadas, sua missão fora previamente traçada com a ajuda de outros Mentores Espirituais. Suas lesões perispirituais foram amenizadas durante o intervalo das duas vidas carnais, porém, sua cura total vai se dar pelo sofrimento na carne.

— E é o que está acontecendo, não é mesmo, Rodolfo?

– Sim. Certamente. Vale lembrar que apesar de uma vida terrena planejada com algumas sequelas no corpo físico, provenientes dos atos pretéritos, o livre-arbítrio é algo que transcende a tudo isso. O que quero dizer é que há inúmeros casos de irmãos encarnados com alguma chaga da matéria ou, até mesmo, em casos extremos, com alguma deficiência física, que vivem suas missões com muita garra, luta e coragem, sabendo lidar com isso. Vamos dizer que essas criaturas não se entregam a esses problemas.

– Pois é, Rodolfo. Por tudo isso, minha preocupação com Jaqueline! Como já discutimos há pouco, sua depressão tem origem física, porém creio que ela poderia enfrentar isso de outra forma.

– Volto a falar do livre-arbítrio, Lourdes. É uma decisão dela. Ela está tendo o amparo espiritual tanto de você quanto de outras inúmeras almas iluminadas. Além disso, sabemos que Suzana teve ligações com Jaqueline em vidas passadas. Foi sua irmã quando viveram no século XVIII, na Europa. Então, perceba que boas influências dos amigos encarnados ela tem. É muito querida por essa amiga, pela mãe e por tantas outras pessoas, assim também pelo namorado Martin, bem como pelo amigo Matheus!

– É verdade, Rodolfo. Sabemos que os dois casais também tiveram ligações amorosas nessa mesma época, na vida anterior, o que é algo muito positivo. Talvez a história se repita por completo. Suzana e Matheus foram casados quando viviam como Anita e Enzo, o que vai acontecer novamente com o recente pedido de casamento do jovem Matheus. E estou na torcida também para que a atual desavença entre Jaqueline e Martin seja superada para que a história de Mafalda e Paolo se repita.

— Não é bem assim, Lourdes. Anita e Mafalda, que foram irmãs no século XVIII, renasceram na condição de amigas confidentes e continuam unidas por esse longínquo laço. Não podemos afirmar o mesmo para os dois casais. Enquanto Anita e Enzo tiveram uma vida de total união e harmonia, o mesmo não aconteceu com Mafalda e Paolo, uma vez que ela preteriu seu grande amor por uma rápida paixão por outro moço que surgiu no seu caminho e logo se mudou de cidade.

— É verdade, Rodolfo. Pobre Paolo, que agora encarnou tal qual Martin. Por que tantos percalços amorosos com esse rapaz?

— Lei da Ação e Reação. Se voltarmos ainda a mais algumas encarnações dessa criatura, veremos suas traições. Lembre-se, Lourdes: o sistema é perfeito!

— Sim. Com a graça de Deus! Esperemos, então, o livre-arbítrio de minha neta para ver como serão seus dias vindouros. Vibrarei para que tudo ocorra da melhor forma possível.

— Pode ter certeza de que muitos Guias Espirituais, além de você, estarão sempre presentes no amparo à Jaqueline. A força da prece de Dona Wilma também canaliza energias para cá e faz com que mais Entidades de Luz sejam levadas para perto da jovem e formosa moça.

Dona Lourdes e Rodolfo continuaram o diálogo por mais algum tempo e aproveitaram o encontro para colocar outros assuntos em dia. Em seguida, o simpático senhor despediu-se alegremente e rumou para sua morada, deixando novos e bons fluidos para a simpática senhora.

Capítulo 37

A vida é feita de escolhas

No dia seguinte, pela manhã, Martin mostrava um sentimento que era misto de indignação e revolta, pelo ocorrido. De início, preferiu não se abrir com ninguém, nem com Matheus. Tentava disfarçar ao máximo a cara de poucos amigos e levar sua vida adiante. Seus pensamentos estavam voltados a não ficar mais com Jaqueline. Para ele, aquilo havia sido a gota d'água. Intimamente, pensava consigo mesmo que com o passar dos dias ele superaria a separação.

Por ter chegado logo cedo ao escritório, a primeira coisa que fez foi configurar seu smartphone tal como havia deixado o aparelho do chefe, para então entregá-lo como se fosse o seu aparelho.

– Está aqui, chefe. Tudo perfeito e configurado! E qualquer outra pane, conte comigo.

– Muito obrigado, mais uma vez! Não sei como lhe agradecer!

– Não tem de quê! Imagine! Conte comigo com o que precisar.

Durante aquele mesmo dia, Matheus chamou o amigo para um almoço, que logo o questionou, por já saber, por meio de Suzana, acerca do ocorrido. Ele contou tranquila e detalhadamente toda a história e esperou a reação do amigo, que lhe disse:

— É, Martin! Muita coincidência o telefone ter tocado naquele momento! Você tentou se colocar no lugar dela? Qualquer mulher agiria assim!

— Não importa, Matheus. Ela deveria ter confiado em mim desde o momento em que eu disse que o smartphone não era meu.

— Ela tem seus problemas, e você sempre soube disso.

— Pois é, Matheus. Acabou. Foi a gota d'água. Mesmo que ela acredite na verdadeira versão da história, para mim basta. Agora, eu não quero mais. Já pensou uma mulher dessa como esposa? Sinceramente, não sou tão evoluído como você, meu amigo! Então, lhe digo: não vou mais aguentar.

— Uma pena! Não sei o que lhe dizer. Levarei sua versão para Suzana que, com certeza, contará para Jaqueline. Quem sabe você mude de ideia!

— Já lhe disse, não quero mais!

— Então, você ficou sem o aparelho? — perguntou Matheus, a fim de tentar mudar um pouco o rumo da conversa.

— Sim. Nem falei nada para o Rodrigues. Dei o meu para ele. Vou deixar esse quebrado na minha gaveta e voltarei a usar meu antigo aparelho. É só trocar o chip.

— Para que guardar? Tem conserto?

— Acho que não. Sei lá. Melhor descartar, né?

— Com certeza, Martin. Isso guardado vai lhe trazer lembranças ruins. A energia fica.

— Veja. Ainda está comigo! Olha só o estrago que ela fez!

— Meu Deus! Ela estava enfurecida mesmo!

— Estou falando! Essa menina tem um gênio daqueles!

— Tenho que lhe dar razão, Martin.

— Pois é!

— Já que você vai jogar fora, deixe-me levar para mostrar para Suzana.

— É seu!

* * *

Naquele mesmo dia, as amigas Suzana e Jaqueline já tinham tricotado bastante a respeito do ocorrido na noite anterior. Logicamente, pela história apresentada e pela sucessão dos fatos, Suzana concordou com a amiga e lhe deu razão naquele primeiro momento. Contudo, sempre usava palavras de esperança para tentar amenizar a gravidade da situação.

– Jaqueline, lhe dou razão, mas acho que você tinha de conversar mais com Martin. Eu ainda não consigo acreditar que ele estivesse de caso com Raquel.

– Ele é um cafajeste, Suzana. Igual a todos que já tive.

– Não sei, Jaqueline!

– Os fatos não negam, amiga! O smartphone era dele! A Raquel estava ligando e mandando mensagens para ele.

– Sim, Jaqueline, mas uma coisa que não fecha para mim é que se o smartphone era mesmo dele, como é que ele mesmo insistiu para que você ligasse para o aparelho? Ele queria dar um tiro no próprio pé?

– Com certeza! Ele queria arrumar algum pretexto para dar o fora. Está claro.

– E você ficou enfurecida, em vez de atender. Por essa razão, resolveu destruir o aparelho jogando-o com toda a força no chão. Dessa forma, não dá nem para saber quem estava ligando!

– Claro que deu para ver quem era, Suzana: nem precisei atender! Apareceu a palavra "Casa" no visor. Desde muito tempo, o Martin costuma cadastrar essa palavra quando as ligações são da minha casa.

– Então, tenho de lhe dar razão, amiga. Uma pena! Espero que você não tenha recaídas com essa separação!

– Imagine! Quero distância! Estou muito bem! Vou cuidar da minha vida e pretendo arrumar atividades para fazer todas as noites! Farei aulas de inglês e um curso de corte e costura.

– Assim espero.

* * *

Naquela noite, Matheus contou para Suzana a versão do amigo Martin, sobre o ocorrido. Falando tranquilamente e sendo muito imparcial disse estar lamentando a série de coincidências que culminaram naquele terrível mal-entendido. Contou ainda que o gerente estava na insistência de tentar namorar Raquel, e que de forma alguma ele, Martin, tivera envolvimento com ela.

– Eu estava desconfiada de que havia algo estranho nessa história, meu amor. Quantas coincidências infelizes!

– É verdade. Pobre casal. E mesmo que Jaqueline acredite na real história, creio que Martin está irredutível. Não quer mais voltar.

– Acredito. Mas, isso vamos resolver depois. O que seria muito interessante seria convencer Jaqueline sobre essa versão. Não sei como fazê-la acreditar nisso.

— Tem uma forma de fazer isso. Basta esperar chegar a conta do telefone fixo do apartamento do Rodrigues com o detalhamento de todas as ligações para aparelhos celulares. Como sabemos a data e a hora da ligação, isso estará registrado. Veremos que no exato momento que antecedeu a briga do casal ele ligou para lá.

— Mas, aí há dois problemas, meu amor: o primeiro é saber se a ligação foi registrada, uma vez que não foi atendida. Outro, é ter acesso à conta telefônica do gerente.

— Pelo que Martin me contou, Rodrigues disse que o telefone deu dois toques, depois ele ouviu um ruído estranho e a ligação ficou muda. Creio que com o impacto do smartphone no chão, a ligação tenha sido atendida e ficou registrada. Em relação à conta telefônica, afirmo que todas as correspondências encaminhadas para ele estão endereçadas para a empresa, e a pessoa responsável de passar para ele sou eu.

— Nossa! Perfeito. Que dia do mês você acha que chega a conta telefônica?

— Acho que daqui a uma semana! Esperemos que nosso plano dê certo.

* * *

Nos dias subsequentes, Suzana tentou mostrar a verdadeira versão da história a Jaqueline, que permanecia irredutível. Argumentou contando os verdadeiros fatos e as infelizes coincidências ocorridas, porém a amiga não acreditou. Ainda reforçava a tese dizendo que o gerente Rodrigues estava muito interessado em Raquel e não haveria por que um funcionário entrar em uma disputa com o chefe.

Suzana não revelou para a amiga Jaqueline seu plano de lhe mostrar a conta telefônica detalhada do apartamento de Rodrigues. Ela estava esperando a conta chegar para dar à amiga a prova final.

Martin, por sua vez, quando soube do plano, ficou totalmente indiferente. Para ele, pouco importava em ser ou não acreditado naquilo que ele afirmava ser verdade. Além do mais, não pretendia reatar o namoro com Jaqueline.

* * *

No início de uma noite de quarta-feira, o casal Matheus e Suzana ligou de forma eufórica para o apartamento de Jaqueline perguntando se poderiam ir até lá. Ela, prontamente, concordou e estranhou a visita dos dois em pleno meio de semana.

Ao chegar lá, Suzana e Matheus tentaram novamente advogar em favor de Martin, dizendo que ele jamais havia tido algum envolvimento com Raquel, e que tudo que havia acontecido há cerca de dez dias tinha sido uma sequência de infelizes coincidências. Por fim, mostraram a prova que faltava: a cópia colorida da conta telefônica de Rodrigues onde havia todas as chamadas feitas por ele, naqueles dias. E uma, especificamente, do seu telefone fixo para o seu próprio celular no exato dia e hora em que o casal estava discutindo.

— Então, Jaqueline? Por que motivo o Rodrigues ligaria para o próprio celular nesse dia e nessa hora? Veja, esse número é dele! Sei que o próprio Martin sempre gostou de compartilhar o número do telefone do chefe com você para alguma eventualidade! Você conhece o número! Rodrigues fez isso, pois tentou, por várias vezes, ligar no telefone celular de Martin que estava no carro e por não conseguir teve a ideia de ligar para o próprio aparelho. Veja as ligações anteriores a essa: são para o número do Martin, não é? Ele deixou insistentes recados na caixa postal. Estava preocupado e queria saber se Martin havia recuperado seus contatos.

Matheus apontou outras linhas daquele demonstrativo e emendou:

— E tem mais: repare que a maioria das ligações para telefone celular são para um número que se repete bastante: o de Raquel! Jaqueline, acho que você se equivocou!

Jaqueline emudeceu e ficou sem cor! Começou a acreditar na versão que o casal lhe expunha. Não sabia o que dizer. Muitas coisas passaram pela sua cabeça. Seu desejo era sair de lá correndo e pedir desculpas, de joelhos, para Martin. Tentou manter-se calma e procurou oferecer algo para o casal, que dizia estar de passagem, pois ainda iria ao centro. A anfitriã, então, agradeceu-lhes a presença, dizendo que não tinha palavras para retribuir tal gesto.

Assim que os dois saíram, a jovem, desesperadamente, pegou o telefone e ligou para Martin. Desde o seu ataque enfurecido, não havia mais encontrado o rapaz nem ouvido sua voz, tamanho era seu ódio.

Naquele momento, ela imaginou ligar e ouvir a voz doce e melosa daquele que sempre a tratou igual a um bibelô. Chegou a pensar que também com palavras doces e maliciosas insinuações, ele voltaria rapidamente para lá.

Contudo, do outro lado da linha ela ouviu outra pessoa. Um Martin frio e monossilábico, que fez questão de mostrar indiferença e nenhum sentimento de amor ou compaixão. Ela lhe pediu desculpas por tudo, dizendo que melhoraria seu gênio, tentaria agir de modo diferente e outras promessas mais, ao que ele respondeu:

— Perfeito! Está desculpada! Posso desligar?

— Mas, Martin? Se você está me perdoando por que está me tratando assim?

— Assim como? Não temos mais nada a conversar! Terminamos o namoro.

— Meu amor, o que preciso fazer para consertar esse erro? Por favor!

— Não se preocupe! Guarde como lição para o seu próximo relacionamento! Tenho de desligar. Desculpe!

Martin desligou o telefone e Jaqueline voltou a ligar. Ele deixou a ligação cair na caixa postal e percebeu que a formosa jovem ainda tentou ligar outras vezes. Então, desligou o celular. Deixou ainda avisado para os irmãos que se o telefone fixo da residência tocasse e fosse Jaqueline, seria para dizer que ele não estava em casa.

No dia seguinte, Jaqueline ainda tentou, sem sucesso, falar com ele. Suzana procurou animá-la, aconselhando-a a dar tempo ao tempo, pois uma hora Martin voltaria atrás.

— Se o tempo voltasse, Suzana, eu faria tudo diferente. Como fui ingênua! Quantos erros, meu Deus!

— Calma, minha amiga. Nada como um dia após o outro.

— Será que ele voltará para mim?

— Tenha fé! Use suas orações, e quando quiser voltar conosco no Centro Espírita Obreiros da Nova Era, fique à vontade. Será bom para você!

– Eu sei!

– Bem, hoje não dá para ficarmos papeando muito, pois tenho de ver alguns detalhes do casório. Decidimos ontem, assim que saímos do seu apartamento. Estamos numa correria agora. Este fim de semana será uma loucura!

– Que bom, Suzana! Vocês merecem! Vá, amiga. Depois conversamos.

Ao ouvir a última frase da amiga Suzana, Jaqueline sentiu tremenda angústia. Via o casal de amigos prosperar no relacionamento enquanto o seu estava momentaneamente arruinado. O que mais desejava naquele momento era reatar com Martin. Nos dias subsequentes, ela tentou, por várias vezes e sem sucesso, ligar para o jovem que, ao identificar a chamada, não atendia ao telefone. Na sexta-feira, ela foi ao trabalho com aparência debilitada e sem brilho, e no fim de semana não saiu do apartamento.

Capítulo 38

Dias de hoje

Na manhã de segunda-feira, Jaqueline acordou com a mesma crise de depressão da qual fora acometida nas vezes anteriores. Não desejava sair da cama e não tinha forças para nada. Entre pensamentos desconexos veio a ideia de dar fim à própria vida. Então, reuniu forças para ligar o computador e mandar um e-mail com o título "Despedida" para a melhor amiga. Conseguiu passar a mensagem e os detalhes de como cometeria o ato. Em seguida, diante do computador, entrou em uma grande crise de choro. Assim, ficou por dez longos minutos debruçada em cima do teclado. Nem mesmo o ruído emitido pelo computador proveniente do apito por estarem pressionadas teclas simultâneas, a incomodou.

Em seguida, dirigiu-se até o criado-mudo, onde, na primeira gaveta, guardava todos os medicamentos prescritos pelo médico e os apanhou. Lá havia remédios que ela tomava no tratamento atual, outros já substituídos e muitos vencidos, que deveriam ter sido descartados. A maioria deles era de tarja preta.

Jaqueline retirou as cartelas cuidadosamente das caixas e as colocou em cima do criado-mudo. Percebeu que somando tudo havia mais de 30 comprimidos. Pegou-os e dirigiu-se à cozinha, onde pegou um copo grande no armário, pois queria ingerir os comprimidos de uma só vez.

Em seguida, toda despenteada, de camisola, com olhar fundo e pensamentos desconexos, aproximou-se do banheiro com o copo na mão direita e os comprimidos na mão esquerda. Pretendia tomar diante do espelho do banheiro para ter certeza de que eles haviam descido pela sua garganta.

Seu próximo passo foi encher o copo com água e retirar todos os comprimidos das cartelas.

Ali estavam três Entidades de Luz, invisíveis aos olhos dela: Lourdes, Rodolfo e Alice, que rogavam para que a jovem desistisse do iminente ato. Enquanto isso, seis espíritos habitantes de regiões obscuras cercavam-na e a obsidiavam de maneira muito intensa. Os pensamentos de Jaqueline atraíram, na forma de um ímã, para seu apartamento, criaturas sofredoras com aparências medonhas e vestimentas escuras, que habitavam um local destinado aos suicidas.

O embate entre as forças espirituais do bem e do mal fora travado. Lourdes, Rodolfo e Alice oravam e plasmavam aquele ambiente com uma densa aura branca que começava a causar incômodo às entidades das trevas ali presentes. As orações de Octávio também eram um catalisador que, mesmo a distância, aglutinavam esforços para o êxito da missão.

Naquele momento, Matheus e Suzana chegaram ao apartamento e perceberam que o segredo da chave havia sido mudado. Matheus não teve dúvida, arrombou a porta.

Jaqueline assustou-se com o barulho e deduziu que seria impedida de praticar o suicídio. Quando isso aconteceu, as entidades das trevas assopraram em seu ouvido:

— Vamos, engula tudo!

Apesar da névoa branca plasmada pelas Entidades de Luz, Jaqueline atraía, com seus pensamentos, forças escusas. Novos espíritos das trevas aproximaram-se do entorno da moça tal como abelhas chegando em uma colmeia. Lourdes estava quase às lágrimas ao ver a cena, mas foi animada por Rodolfo, que disse:

— Permaneça em prece. Não vamos arredar o pé daqui. Confiemos em Deus.

Suzana e Matheus apareceram no banheiro; Jaqueline, ao vê-los, ingeriu grande quantidade de comprimidos. Totalmente descontrolado com a cena, Matheus tentou dar um soco no estômago da amiga para ver se ela vomitava. Não conseguiu! Ela abriu um tímido sorriso e caiu desacordada.

Os espíritos das trevas ali presentes rapidamente se afastaram, pois, a princípio, haviam vencido a batalha. Lourdes, Rodolfo e Alice ali permaneceram em oração. Lourdes, com ar de tristeza, questionou:

— Fomos vencidos, Rodolfo?

— Perdemos uma batalha, porém o jovem casal encarnado vai tentar reverter a situação. Observe: eles a estão pegando para levá-la ao hospital das imediações. Continuemos vibrando!

Em poucos instantes, Jaqueline já estava internada e todos os procedimentos para o tratamento contra a intoxicação estavam sendo cuidadosamente providenciados. Os médicos tentaram induzir Jaqueline ao vômito, aproveitando seu estado semiconsciente. Depois de conseguir expelir parte das substâncias, foi administrado um soro salino e efetuada uma hemodiálise para que seu sangue fosse filtrado e os barbitúricos existentes na circulação sanguínea fossem eliminados.

Octávio logo chegou ao hospital. A notícia espalhou-se rapidamente e, em pouco tempo, os parentes e amigos próximos estavam presentes. Àquela altura, a jovem estava no Centro de Terapia Intensiva e corria risco de morte. O rápido atendimento do casal salvara por ora a vida da jovem moça.

Martin, quando soube, desejou-lhe melhoras, porém, sem remorso algum, decidiu não visitar a ex-namorada no hospital.

— Sinto muito, Matheus, mas não tem como eu ir! Não tenho mais nenhum sentimento por ela. Torço pela saúde dela, apenas isso.

— Não me decepcione, Martin. Você nem parece aquele meu amigo de antigamente que me apresentou o Centro Espírita Obreiros da Nova Era! Não tem nada a ver uma coisa com a outra! Estou falando de solidariedade, de compaixão.

Martin refletiu profundamente e decidiu ir ao hospital. Todos sabiam que a jovem estava correndo perigo de morte; aquele era o momento em que os amigos tinham de se unir para fazer uma corrente em prol de seu restabelecimento.

A tarde de segunda-feira mobilizou amigos e parentes de Jaqueline. Martin foi o último a chegar e interagiu com Dona Wilma e família. As Entidades Espirituais também não saíram dali. Pelo contrário, outros Espíritos de Luz, afinados com Jaqueline, estavam lá na grande corrente torcendo por sua melhora.

E o carismático Octávio irradiava simpatia e mostrava semblante de otimismo para todos que ali estavam. Em frente à porta da UTI, onde as visitas eram liberadas apenas para duas pessoas de cada vez, sempre que alguém entrava, ele dizia docemente:

— Entre orando e peça a Deus que ela melhore!

E assim aconteceu por vários dias. A jovem Jaqueline, que estava inconsciente, permaneceu assim por quase duas semanas. Nesse período, toda a família e todos os amigos aprenderam muitas lições de vida com o sofrimento. A presença diária de Octávio era um bálsamo para todos que tiveram a oportunidade de trocar algumas palavras com ele. Momentos muito felizes em meio a outros mais tristes. Poderíamos dizer que era tal qual um oásis no Deserto. O ilustre palestrante, em qualquer situação, quando tinha a oportunidade, dava lições de vida.

Capítulo 39

Alguns meses depois

Era uma noite diferente no Centro Espírita Obreiros da Nova Era. Naquela terça-feira fazia exatamente dez anos que a casa havia sido inaugurada. Uma ocasião festiva, e que também a Alta Espiritualidade estava em festa. Nobres Entidades de Luz estavam presentes.

Outro motivo da comemoração era o enlace do casal Suzana e Matheus. Os recém-casados acabavam de voltar de lua de mel e era a primeira participação deles na abençoada casa, na condição de marido e mulher.

Com o clima propício, toda a energia e todo o alto-astral, Octávio começou a discorrer sobre um tema apropriado: "O Louvor da Vida". O espaço estava lotado e todos aguardavam ansiosamente o início da fala.

Após as vibrações iniciais, todos já estavam no mais absoluto silêncio e atentos ao que o ilustre palestrante começaria a falar:

— Caríssimos irmãos em Deus, o Pai da Vida. Hoje é para nós uma noite especial, que semelhante a todas as outras semanas, reunimo-nos para recebermos e falarmos sobre os ensinamentos que nossos Benfeitores Espirituais nos proporcionam. E hoje fomos inspirados a falar acerca da alegria de viver. Sim, pois ainda que vivenciemos inúmeros percalços durante nossa existência na carne, ainda assim devemos sempre agradecer ao Pai pelas oportunidades de nossa vida, e a melhor maneira de fazê-lo é por meio da alegria por essa mesma vida. Mas, para falarmos da alegria de viver, é necessário que primeiro falemos de tristezas e sofrimentos ainda tão constantes. Queridos irmãos, é de nosso conhecimento que vivemos em um mundo de provas e expiações, onde as dores, os sofrimentos e as lágrimas ainda estão muito presentes. Por onde passamos, em nossa casa, na rua, no trabalho, vemos irmãos carregando dores morais de um passado delituoso e ignorante. Nos manicômios, onde imperam os processos obsessivos gravíssimos; nos cárceres, onde irmãos ainda expiam seus erros por não terem aprendido a amar; nos leitos expiatórios dos hospitais, onde muitos sofrem a dor de erros pretéritos; nas ruas, onde a bebida, as drogas, as obsessões e as paixões inferiores acabam por se tornar uma segunda pele dos que ali vivem; enfim, em todos os lugares a dor ainda vive.

—Mas, temos certeza de que nossas aflições têm como origem duas causas: uma em vidas passadas e outra na vida presente, sendo que uma acaba sempre por estar entrelaçada à outra; afinal, somos hoje o que fizemos ontem e preparando o que seremos no futuro! Cabe-nos perguntarmos a nós mesmos: O que estamos fazendo por estes nossos irmãos que sofrem as dores do mundo? Neste momento, vem-me à memória um dos grandes ensinamentos de Jesus, contido na "Parábola do Bom Samaritano".

Octávio fez uma ligeira pausa e prosseguiu:

— Já utilizei este exemplo em discursos anteriores e hoje ele cabe novamente. Falarei de forma breve sobre essa passagem do Mestre dos Mestres. Conta-nos Jesus que um homem ia por uma estrada de Jerusalém a Jericó quando caiu nas mãos de ladrões, que acabaram espancando-o e deixaram-no quase morto. Algum tempo depois, descia pelo mesmo caminho um sacerdote, que vendo o homem meio morto, passou ao longe. Em seguida, surgiu outro sacerdote, desta vez um Levita, que a exemplo do primeiro, também passou ao longe. Mas, um Samaritano ao ver o homem caído e moribundo, encheu-se de compaixão e o socorreu. Cuidou de suas feridas, colocou-o sobre seu cavalo e o levou até a estalagem mais próxima. No dia seguinte, o Samaritano tirou dois denários e deu-os ao hospedeiro, dizendo-lhe: "Cuida dele e tudo o que gastares a mais, eu te pagarei quando voltar".

—Amados amigos, trazendo esta parábola aos nossos dias, pergunto-lhes: E nós, ao passarmos pelas estradas da vida e depararmos com os que foram vítimas de si mesmos, por meio de suas atitudes impensadas e desmedidas, passamos ao longe como os sacerdotes da parábola ou ajudamos como o Samaritano? Alguns de vocês, com certeza, estão se perguntando: Mas como devemos ajudar? Respondo-lhes que podemos sempre ajudar um irmão caído por meio do perdão, do entendimento, do consolo, do abraço, do sorriso, da lágrima dividida, da mão estendida, desinteressada, incondicional e espontânea. Estas são atitudes que todos nós podemos ofertar e não tem custo algum. Em qualquer lugar, encontraremos um irmão que necessita de alguma dessas coisas, assim também nós mesmos, com certeza, também precisamos.

—Mas, nos lembremos de que qualquer uma dessas atitudes deverá estar acompanhada de amor e alegria, ingredientes indispensáveis ao êxito de qualquer atividade do bem. Assim como nossas atitudes, também nossa palavra pode salvar ou matar e, por esse motivo, levemos sempre uma palavra de otimismo, confiança, serenidade, esperança e alegria. Sim, nossas atitudes e palavras devem estar sempre acompanhadas da alegria de servir, pois, muitas vezes, a alegria de nosso irmão começa no sorriso que lhe ofertarmos. Um sorriso, um alento, um abraço, um beijo, um ombro amigo são atitudes samaritanas que devem fazer parte de nós não vez ou outra, mas em nosso dia a dia, em todos os lugares por onde passarmos, em todos os instantes. Agora, como nos ajudarmos em nossas próprias aflições? Devemos viver nas trevas da ignorância espiritual de nossas dores ou tirarmos da beleza do sol, das flores e da vida, a força da recuperação? Devemos ficar mudos diante das dificuldades à nossa volta ou levar uma palavra de reconforto e paz onde se fizer necessário? Utilizarmo-nos da cômoda expressão: "Ah, as coisas não têm conserto mesmo" ou colocarmos nossas mãos, nossos talentos no trabalho em favor dos que sofrem? Devemos nos irritar porque os amigos não nos compreendem ou usar nossos abençoados pés para irmos ao encontro daqueles com provas infinitamente maiores que as nossas?

– Amados companheiros de jornada, a vida é como uma corrida em que o prêmio para quem chegar primeiro será a evolução. Mas, isso acontecerá com aquele que sair em disparada, sem olhar para os lados ou para trás, visando apenas à linha de chegada ou para aquele que, durante o trajeto, parar para amparar os que estão com dificuldades de prosseguir? Agradeçamos ao Pai, a Jesus e a nossos Benfeitores Espirituais, por toda nossa vida e por tudo o que nela existe.

– Agradeçamos a oportunidade da saúde benéfica, da doença pedagógica, do trabalho edificante, da família abençoada, dos amigos que nos amparam, dos supostos inimigos que nos provam, do alimento que nos dá energia, do agasalho que nos protege, e, principalmente, agradeçamos a oportunidade de servir na Seara do Mestre, que é aqui e agora. Sejamos o mais humilde dos servos de Jesus em sua lavoura de amor, mas o sejamos com a alegria de servir. E lembremos que não existe um caminho para a felicidade, pois a felicidade é o caminho e, com certeza, um caminho com alegria. Muita paz a todos.

O iluminado auditório estava lotado de pessoas jovens. Talvez, por esse motivo, depois da palestra, grande parte das pessoas ali presentes sentiu-se emocionada com as palavras ouvidas. Depois das sessões de passes, as Entidades de Luz confraternizaramse pelo êxito da noite bem-sucedida e das boas mensagens passadas a tantos jovens que ali estavam.

Capítulo 40

Flashback

Naquela noite, após a palestra, Octávio, com o semblante feliz, fez questão de cumprimentar, um a um, todos os visitantes, os quais considerava que nem amigos. Suzana e Matheus, sorridentes e felizes, contaram rapidamente como tinha sido a viagem de lua de mel e os planos para o futuro. Queriam herdeiros o quanto antes.

Jaqueline e Martin, emocionados, também lhe agradeceram por tudo; por terem enfrentado e vencido todos os percalços com a ajuda dele; por todas as vibrações feitas nos momentos difíceis vividos pela moça; por terem reatado o compromisso; e por Octávio ter feito o jovem enxergar os percalços anteriores do relacionamento, na forma de aprendizado.

No momento em que Jaqueline apertou a mão de Octávio em um simples cumprimento que demorou alguns segundos, fez um rápido *flashback* dos seus últimos seis meses de vida. Tomada por grande emoção, sentiu remorso por ter tentado acabar com a própria vida. Pediu, em pensamento, perdão a Deus pelo ato insano, pois naquele momento possuía conhecimento acerca do paradeiro dos irmãos que desencarnavam por meio do suicídio e tinha consciência de que a oportunidade da reencarnação é um presente de Deus que jamais pode ser desperdiçado.

Naqueles últimos dois meses, como nova e assídua frequentadora daquela casa, adquiriu conhecimentos básicos da Doutrina Espírita e se aprofundou no assunto referente aos suicidas na vida pós-túmulo. Seus pensamentos assim se expressavam quando se lembrava da tentativa malsucedida: "Como seria penoso, meu Pai, se eu tivesse desencarnado! Ficaria por longo período em um sinistro vale sentindo as dores do ato insano no meu corpo perispiritual. Perderia a noção do tempo. Perderia a noção do dia e da noite. Minha doença do corpo permaneceria na alma. Como fui ignorante, meu Pai, em pensar que ao estancar uma vida estaria terminando com os meus problemas. Estou aprendendo que a vida do lado de lá continua tal qual aqui. Os problemas, os dramas e as fraquezas continuam. E imagina isso somado às consequências da prática do suicídio... Eu seria obsidiada por uma legião de sofredores! Sentiria total desespero! Presenciaria gritos e gemidos de horror em meio a um cenário fétido e assustador! Viveria anos de pesadelo e horror em um lugar com total ausência de luz".

Jaqueline sentia-se muito grata com o casal de amigos e também com Octávio, pois, sem a rápida intervenção do primeiro e das orações do segundo pressentia que não teria resistido. Foram as semanas mais difíceis de sua vida. Após sua permanência na Unidade de Terapia Intensiva, por mais de dez dias, ainda ficou internada por quase um mês.

O seu maior presente, contudo, foi ter sido procurada por Martin quando ainda estava hospitalizada. Ele, aos prantos e muito emotivo, sem a carapuça do homem frio dos últimos dias, percebeu o quanto amava aquela jovem ao vê-la doente em um leito de hospital. Octávio, em suas preces, pedira para que os Protetores Espirituais abrissem a mente do jovem. Não precisou de muito tempo e de uma sincera conversa com o rapaz para que ele caísse em si.

E a Espiritualidade Maior, clamada por meio de sinceras rogativas, tanto de Octávio quanto de todos os amigos e parentes de Jaqueline, continuamente enviava Colaboradores de Luz para um trabalho de energização a fim de que a jovem encarnada se restabelecesse. Como é belo o trabalho dos Amigos de Luz invisíveis em sintonia com nossos seres encarnados. Pudera todos os homens da Terra terem essa visão!

Naquele *flashback*, Jaqueline lembrou que após a alta hospitalar ainda permaneceu por dois meses em licença médica e foi amparada por sua mãe, que se hospedou novamente em seu apartamento. Só que diferentemente da vez anterior, Martin, mais maduro e sofrido, percebeu o grande amor que sentia pela jovem colocando isso acima de tudo; estando presente diariamente, sem se importar com eventuais atitudes da sogra que pudessem lhe desagradar ou lhe tirar a liberdade. Ele amadureceu. A bela jovem notou que Martin, além dela própria, também aprendera que o sofrimento lapida as pessoas.

Nesse período, Octávio fez várias visitas ao apartamento da jovem, e cada dia mais Dona Wilma percebia a bondade e a pureza daquele senhor. Simpatizou-se bastante com ele. Suas palavras eram confortadoras e de esperança. Pouco a pouco, a mãe de Jaqueline abriu a mente para o Espiritismo e não se opôs em ver a filha frequentando o Obreiros da Nova Era. Foi um grande avanço.

Após quatro meses do fatídico dia, enfim, a vida de Jaqueline começou a se normalizar. Ela voltou ao trabalho, porém permaneceu rigorosamente acompanhada pelos médicos. Sua mãe, antes de retornar para sua casa, pediu para que Martin ficasse o maior tempo possível no apartamento da filha. O pedido de casamento feito por ele, ainda quando ela estava hospitalizada, fez com que Dona Wilma mudasse sua forma de pensar e concordasse que ele ficasse o tempo que desejasse por lá. Nos dias vindouros, Jaqueline e Martin cuidariam dos pormenores para o enlace matrimonial. O futuro reservava uma iluminada vida ao casal.

— Querido Martin, não tenho palavras para lhe agradecer o que está fazendo pela minha filha nos últimos meses! Obrigada! Voltarei para o interior mais tranquila por saber que você continuará sempre presente. Lembre-se de que esta casa é sua.

— Eu é que lhe agradeço, Dona Wilma. Tenha certeza de que sempre farei tudo o que for preciso para ver sua filha feliz.

— Estou indo, então. Mande lembranças para o Sr. Octávio e lhe agradeça por tudo. Mudei minha forma de pensar nestes últimos meses. Aprendi que não importa a religião, mas sim nossas atitudes. Leve minha filha ao centro espírita sempre que ela desejar.

— Lógico, Dona Wilma. Como já disse, farei o que ela desejar para vê-la feliz. Creio que o centro espírita fará bem a ela, pois, além do tratamento médico da Terra, imagino que o tratamento espiritual também seja importante.

— Fique com Deus, meu filho. Ligue-me quando precisar.

Assim que terminou o aperto de mão e o *flashback* vivenciado por Jaqueline, ela se aproximou ainda mais de Octávio e lhe deu um afetuoso abraço. Sua gratidão por aquele senhor era imensurável. Durante o gesto que antecedeu o abraço, ela vivenciou seus últimos seis meses de vida. Foi naquele período, que mesmo envolta a muito sofrimento pôde amadurecer mais, perceber o quanto amava Martin, valorizar pequenas coisas no seu dia a dia, rever suas atitudes pregressas e mudar a forma de enxergar a vida.

As lágrimas que escorriam do seu rosto, naquele sublime momento, deixaram os presentes muito emocionados. Todos conheciam a bela jovem, sua história e sua recente transformação. O gesto paternal do palestrante transmitia tamanha ternura e corroborava o clima emotivo de todos. Jaqueline, segurando o pranto, conseguiu sussurrar no ouvido de Octávio:

— Obrigada por tudo, meu querido! Nasci de novo! Obrigada por fazer parte disto!

Após a bonita cena, Octávio, somente com a fisionomia, respondeu-lhe. Sua feição, tranquila e serena, parecia dizer para que ela não agradecesse somente a ele.

Intimamente, ela sabia que muitas pessoas haviam vibrado em fortes rogativas para seu restabelecimento, e a simples expressão facial daquele senhor, que ela venerava, remetia seus pensamentos a isso: era amada, querida, única e importante na vida de muitas pessoas! Sua vida era uma dádiva de Deus que deveria ser sempre zelada! A casa espírita estava ali para ajudar a ela e a todos que necessitassem! Os percalços da vida faziam parte da missão de todos os homens encarnados. E era preciso ter sabedoria para lidar com tudo isso, eis a arte de viver!